INVISIBLE

Videla Pérez, Eduardo Germán
    Invisible - 1ª ed. Ciudad Autónoma de Buenos Aires:
    Deauno.com, 2014.
    200 p.; 21 x 15 cm.

    ISBN 978-987-680-093-8

    1. Narrativa uruguaya. 2 Cuentos. I. Título

    CDD U863

contacto@elaleph.com
http://www.elaleph.com

Para comunicarse con el autor: gervidela@gmail.com

Primera edición

ISBN 978-987-680-093-8

Hecho el depósito que marca la Ley 11.723

Impreso en el mes de agosto de 2014 en
Bibliográfika, de Voros S.A.
Barzana 1263. Buenos Aires, Argentina.

GERMÁN VIDELA

INVISIBLE

deauno.com

A mi familia.

*Mi mayor agradecimiento a Mario Levrero,
Mariana Casares, Fernanda Trias, Ana Strauss y
Sabrina Mangussi, por toda su ayuda y cariño.*

"«*Vaya*», me dije, «¡aquí hay vida! *El chiquillo está todavía aquí y posee una vida fecunda que a mí me falta. ¿Pero cómo puedo conseguirlo?*» *Me pareció imposible cruzar la distancia entre la actualidad, el hombre adulto y mis once años. Pero si quería volver a establecer contacto con aquel tiempo, no me quedaba sino regresar allí y volver a acoger al azar al niño con sus juegos infantiles*".

C. G. Jung
Recuerdos, sueños, pensamientos

GEORGE EL SAPO

I

George el sapo se levantó de la cama rascándose la entre-
pierna. No era que le picara realmente sino que se trataba
de una especie de ritual; algo que quedaba a medio camino entre
la cábala y el dictado obsesivo del inconsciente. Se levantó, caminó hasta el baño, se desperezó sin ganas y luego se acercó al
espejo eludiendo las partes sucias o gastadas para observar más
de cerca una verruga. Descubrió que tenía los ojos amarillentos
y con pequeños derrames de sangre y, así tan de cerca, sintió
temor de juzgar su propia imagen por lo que decidió darse la
espalda. Dio un vistazo a través de la banderola del baño, que
dejaba ver las paredes grises y húmedas del pozo de aire, y se
dio cuenta de que faltaba poco rato para el amanecer, y de que
necesitaba más horas de sueño.

Mientras tanto en el cuarto, en el que apenas entraba luz
por la puerta que había dejado entreabierta, Franny la chancha

inmunda y embustera, se movía, entresueños, por debajo de las sábanas revolviéndolas y amontonándolas. Franny y George habían pasado la noche juntos y ahora que Franny se notaba sola en la cama aprovechaba para estirarse y provocar al sapo con un llamado fastidioso e insinuante. George puso cara de asco —George solía poner esa cara cuando una hembra con la que había dormido lo llamaba, o le hacía caricias, o le pedía alguna muestra de afecto—, hizo como que no oyó y se puso a orinar. En ese momento se vio a sí mismo avanzando lentamente por una autopista desierta. Fue un flash intenso que lo agarró desprevenido. Quizás la resaca de un sueño que había olvidado. Por unos segundos se sintió preso de esa imagen; se vio caminando con dificultad, de una forma errática y torpe por la carretera debajo del sol. No fue más que eso, pero verse así le produjo una sensación desagradable y perturbadora que no lo dejó dormir por un buen rato.

Las cosas no cambiaron demasiado al día siguiente. George seguía cansado, atormentado por la sensación que le había producido la imagen, y ahora además cargaba con el peso de una serie de reproches que se hacía a sí mismo, que a decir verdad no le resultaban del todo nuevos. En momentos así sentía que ese era su destino; que sin importar lo que hiciera estaba condenado a cometer los mismos errores, a repetir las mismas estupideces, y a caer, después, en los mismos imbéciles arrepentimientos. Pero la realidad es que nunca había siquiera intentado hacer algo diferente, porque ese "destino fatal" que se había inventado, y que alimentaba con culpa y arrepentimiento, era, en definitiva, la excusa perfecta. Era la justificación que necesitaba para no tener que ser responsable; para comportarse como si no tuviera más opciones. Así que no resultaba en absoluto sorprendente que a pesar de todo el cansancio, el arrepentimiento y la angustia George detuviera su auto frente a la mansión del juez para observarla con recelo y reprocharse lo que había prometido la noche anterior y ahora no quería cumplir; ni que luego apagara el motor y bajara del auto.

Eran casi las cuatro de un día que le estaba resultando especialmente difícil. Se había despertado cansado y sin tiempo para ducharse o cambiarse de ropa. Había tratado de mantenerse al margen y ocuparse solamente de lo indispensable, pero pesar del esfuerzo no había podido evitar que lo sumergieran en la burocracia de los informes y el papeleo pendiente. Mientras cruzaba lentamente la calle observó con desconfianza el largo sendero de piedras que atravesaba el jardín de la mansión preguntándose si no sería mejor idea entrar con el auto. Se sentía incómodo e inseguro: no había tenido más que un par de minutos para intentar leer atentamente el caso y asegurarse de qué cosas podía decir y cuáles no; todavía sentía el ardor en el estómago que le provocaban los whiskies que bebió apurado antes de salir de la estación, y el olor de la cerda mezclándose con su propia transpiración. Al final decidió dejar el auto donde estaba; le pareció que se iba a sentir un poco mejor —o al menos no tan mal— si caminaba hasta la puerta.

El sendero se bifurcaba en torno a una gran fuente y terminaba en dos pequeños escalones frente a una enorme puerta de roble. George los trepó de un salto. Pese a que no era demasiado ágil, ni atlético —era un sapo flaco y algo encorvado, con una mirada entre somnolienta y viciosa, que jamás había hecho ejercicio—, ocasionalmente algunos de sus movimientos dejaban ver cierta gracia, cierto estilo: un potencial que no había sido explotado. George se detuvo frente a la puerta y utilizó el llamador —una pequeña esfera apresada entre las garras de un animal que no pudo descifrar. El sonido resultó completamente desproporcionado para algo tan delicado y pequeño.

La puerta demoró en abrirse —tanto que George tuvo tiempo de considerar, en un par de ocasiones, la posibilidad de volver a llamar—, y cuando al final lo hizo, dejó ver una suricata macho, alta y delgada, vestida con finas ropas de mayordomo que lo miraba con suficiencia o desprecio.

—¿Puedo servirle?

—Busco a Su Señoría —respondió George.

—¿El señor es…?

George sacó una placa del bolsillo interior de la gabardina y la elevó frente al rostro de la suricata con un dejo de soberbia. La suricata no miró la placa en ningún momento ni se dio por enterada del gesto; siguió con la vista fija en los ojos del sapo y la expresión congelada hasta que dijo:

—Un momento, por favor.

Pero no se fue inmediatamente sino que lo observó aún un poco más —de esa forma tan particular en que lo hacía: como si no pudiera levantar los párpados más que hasta la mitad y por eso se viera obligado a inclinar la cabeza hacia atrás—, antes de cerrar la puerta.

Cuando George quedó solo se puso a mirar en derredor sin permitir que nada le llamara demasiado la atención. Había senderos con árboles recortados siguiendo un mismo patrón y adornados con arbustos y flores; una fuente que volcaba los destellos reflejados en el agua con lentitud y cierta belleza; y por sobre las paredes de un jardín interior asomaban palmas y enormes hojas de bananero. Luego se puso a golpear la placa contra la palma de su otra pata imitando vagamente —porque el recuerdo era vago— al protagonista de una película policial. Estaba cansado y molesto por no haber podido dormir bien ni ducharse. La suricata lo sorprendió distraído. George tardó en reaccionar.

—Por aquí, señor. Su Señoría lo espera en el living.

El living era realmente grande y luminoso. Estaba ubicado detrás de un jardín y tenía puertas de vidrio que ocupaban completamente uno de los lados y que solían estar abiertas. Además del aire y la luz dejaban pasar algunas hojas de banano. Junto a la entrada había una larga mesa con doce sillas y detrás una biblioteca y un bar cargado de copas y botellas que precedía a un desnivel circular con cuatro sillones. Justo en el centro, en medio del living y por encima de todas estas cosas, dos sólidos ganchos dorados surgían del techo sujetando una barra que a primera vista, e incluso para alguien que supiera del tema, parecía de platino. De ella colgaba, patas para arriba, un murciélago grande y oscuro envuelto en una bata de rojos intensos y guardas negras. Llevaba una pipa vacía calzada en el hocico.

La suricata se detuvo unos metros antes de llegar al desnivel, inclinó ligeramente la cabeza como indicaban las normas y carraspeó. El murciélago leía el diario ayudado por unos diminutos lentes redondos sin patilla que apenas parecían ser capaces de sostener unos cristales extraordinariamente gruesos. No oyó el llamado de su mayordomo o decidió no prestarle atención. Siguió leyendo tal como lo venía haciendo sin que hubiera en sus gestos ningún indicio de que había reconocido la presencia del mayordomo.

La suricata dejó transcurrir unos cuantos minutos antes de volver a intentarlo. El carraspeo fue más notorio en esta ocasión pero la respuesta siguió siendo la misma. George comenzaba a ponerse nervioso y a buscar una forma discreta para salir de ahí cuando una voz inconfundible y profunda, capaz de generar una mezcla de emociones compleja e inquietante, descendió de la barra.

—Pensé que había sido claro cuando dije que no me gustaba que me molesten aquí.

Su nombre era Samuel, el juez. La mayoría le decía "el viejo".

Mientras tanto, en otro lugar, Franny avanzaba lenta y provocativamente sobre una cama circular, en cuatro patas y con la vista fija en un sabueso llamado Alex, que estaba sentado en un sillón de cuero negro con la lengua colgando hacia un costado y respirando agitado. Avanzaba con sensualidad y cadencia, haciendo que sus pechos y los jamones de sus patas temblaran levemente; y que las gotas de una transpiración que no había cesado aún se deslizaran por su pelo. Era rosado, chillón, corto, y brillante; y tenía la rara cualidad de, sin importar el tipo de luz que cayera sobre él, producir un reflejo intenso e intimidante. Aunque, quizás, lo intimidante fuera la actitud, o la mirada, o esa forma de mover el hocico y de estirar los huecos de la nariz como si se tratara de dos pequeñas vaginas ávidas.

El sabueso no le prestaba atención pero Franny no se daba por vencida: avanzó hasta el borde de la cama para apoyar las dos patas delanteras en el suelo y balancear suavemente las caderas. Ese movimiento hizo que la nutria, que había compartido la cama con ellos y que aún permanecía acostada, estirara una extremidad, y la acariciara como si intentara retenerla. Pero no tuvo ningún efecto en el sabueso. Franny decidió ser más directa y bajar de la cama para sentarse sobre él y cruzar las patas cortas y rechonchas que quedaron colgando en el aire. Lo abrazó primero, sin acercar demasiado el cuerpo, y luego le acarició el hocico con la punta de una pezuña.

—Quítate, me pesas —ordenó Alex, con tono seco y sin mirarla.

Franny no se movió. En cambio dijo:

—Ay, pero qué humor tenemos —entre risueña y provocadora.

Y después, tal vez incentivada por el silencio del sabueso, sintió la confianza suficiente como para hacer que su pezuña descendiera del hocico al pecho.

—¡Que te quites, cerda! —dijo Alex, levantándose bruscamente.

Franny cayó/se dejó caer en la cama riéndose. Por la forma violenta en que se había levantado, una de las orejas del sabueso había quedado dada vuelta sobre la cabeza, y eso a Franny, pareció causarle mucha gracia. Rió y quedó tendida boca arriba por un rato. Luego se acercó a la nutria para juguetear con ese pelo tan oscuro, tan largo y sedoso, tan diferente al suyo. La nutria estaba distraída. Al sentir que la tocaban giró y miró a la chancha con una intensidad que la estremeció. Franny sintió como si esa mirada no hubiera respetado los límites de la piel y se le hubiera metido dentro; como si en ese todo su ser estuviera abierto, a disposición para quien quisiera leerlo, tomarlo, o destruirlo. Pero fue sólo un instante —algo tan mínimo y volátil que resultaba imposible juzgar si había sido real o nada más que una simple impresión—; enseguida los ojos de la nutria cambiaron el foco y se perdieron en alguna otra parte cautivados por algo que parecía no existir, como solían hacer cuando la droga era buena o, al menos, suficiente. Y entonces se produjo un silencio. Alex pareció a punto de romperlo, pero no lo hizo. Fue Franny quien habló:

—Qué fácil pierdes la paciencia, corazoncito —era un reproche y una advertencia; infantil y, a la vez, seria.

Alex balbuceó que lo sentía sin siquiera hacer el esfuerzo de que su disculpa sonara creíble. Era claro que no lo sentía realmente, que lo había dicho por costumbre o como un simple formulismo; como una forma, desganada, de respetar las reglas de un juego que la cerda había invocado. Murmuró esa disculpa, que no pretendía pasar por sincera, y se acercó a los pies de la cama para recoger su ropa. Se puso primero unos calzoncillos blancos y luego volvió al sillón para calzarse unos pantalones deportivos de terciopelo granate. Se apoyó en el respaldo para meter las dos patas inferiores al mismo tiempo y quedó sentado por un rato. Observó primero los músculos de sus patas y el pecho, quizás porque los sintiera entumecidos, y luego movió suavemente la cabeza, como para ubicar el lugar donde nacía la tensión. Y en uno de esos movimientos, accidentalmente, se topó con el cuerpo de la cerda. Y sin darse cuenta la deseó, con los ojos entrecerrados, con pereza; y cargó la mirada con muchas cosas que era preferible ocultar. Franny lo sorprendió y le sonrió arqueando una ceja para hacérselo saber. Lukas el doberman entró justo en ese momento.

—Tome asiento, detective —dijo el juez.

George veía cómo su pequeño reflejo iba girando en los ojos del murciélago a medida que éste se daba vuelta y descendía de la barra que colgaba del techo.

—Gracias, no voy a demorar demasiado —dijo, acomodándose en uno de los cuatro sillones de cuero rojo del desnivel, y desprendiendo los botones de la gabardina que no pensaba quitarse.

El juez avanzaba con cierta lentitud hacia uno de los sillones acomodando las solapas de la bata y arreglando el cinturón. Movió la cabeza y dejo ver un gesto mínimo de agrado:

—Aprecio eso —dijo, levantando la vista por un instante para mirarlo.

Luego se sentó, cruzó las patas y se puso a acomodar el tabaco en su pipa con mucho cuidado. Cuando se sintió satisfecho sacó una pequeña caja de fósforos de alguna parte de su manga izquierda y la encendió.

—Usted dirá.

Pero George no dijo, George miró. Lo estudió con un poco de aprehensión y otro poco de algo que no sabía bien qué era pero que supuso respeto —no pudo darse cuenta de que en realidad esa desagradable sensación que sentía era una alerta ancestral grabada en su código genético—. Samuel entendió esto rápidamente y tuvo la cortesía de aguardar con paciencia a que su inesperado visitante se sintiera en confianza. Pero tras un buen rato de esperar en silencio y de deslizar los ojos por los objetos intrascendentes de su living sintió que estaba esperando algo que no iba a llegar jamás, así que se enderezó en el asiento y sin más miramientos lo enfrentó. Los ojos de murciélago eran oscuros e inquietantes, y pese a que se había advertido a sí mismo, George no pudo evitar dar un pequeño salto en el asiento.

—Tengo que pedirle un favor, Su Señoría —dijo, apurado.

Samuel sonrió, sus ojos se hicieron un poco más claros, si es que eso era posible, y el reborde húmedo de su hocico se ensanchó.

—Por supuesto. Siempre es un placer ayudar a un oficial de la ley.

—¿Qué es esto?

Lukas estaba visiblemente molesto.

—¿Qué es esto?

Repitió Alex y miró en derredor con una expresión que parecía querer mostrar lo obvio de la respuesta: sexo con hembras de segunda en una cama circular en medio de una de las habitaciones privadas del club.

—Ya sabes lo que quiero decir.

—Reprochar —corrigió Alex.

Lukas le clavó la mirada. Tenía los dientes apretados y mucha tensión en el lomo:

—Es increíble que hayas elegido justo este momento para estas cosas, cuando hay tanto que preparar.

Lukas habló con lentitud midiendo las palabras. Alex torció la vista y alzó una pata al aire.

—Ya, tranquilo. Ya se van, de cualquier manera.

II

Alex y Lukas estaban sentados frente a frente en dos grandes sillones de cuero en una parte del club que reservaban para sí mismos y para visitas importantes. No hablaban ni se miraban: Lukas apagaba un cigarrillo sobre el cenicero de vidrio de la gran mesa ratona de madera y Alex, tirando la cabeza hacia atrás, hacía sonar algunos cristales apresados entre las vértebras de su cuello. La persona esperada había llegado hacía unos momentos y ocupaba ahora, casi completamente, el sofá, la penumbra y los pensamientos de Lukas. Normalmente también habría ocupado los de Alex, pero, desde hacía un tiempo, la atención del sabueso se desviaba hacia cierto fastidio que amenazaba con crecer y transformarse en algo permanente.

Habían pedido unos tragos y los esperaban en silencio para asegurarse de que una vez que comenzaran a hablar no serían interrumpidos. Y mientras esperaban el ambiente se iba cargando de humo y de a olor a encierro, a humedad, y a transpiración. Y como suele suceder, cuando al fin sus mentes dejaron de contemplar la espera y se movieron a tientas hacia temas más interesantes, la interrupción llegó. Sólo que no fueron los tragos los que aparecieron sino un chimpancé embutido en un vestido rojo de lentejuelas con una toalla enrollada en la cabeza y el maquillaje a medio terminar. Su nombre era Zacarías pero se hacía llamar Giulieta. Entró caminando a toda velocidad, contoneándose y acomodando el soutién que asomaba por el enorme escote. Se paró frente a ellos y largó unos alaridos:

— ¡Ay, ay, ay! Pero quién nos visita... ¡Y no me dijeron nada!

La explosión de una carcajada profunda y gutural llegó a los oídos de Alex antes de que hubiera terminado de girar, instintivamente, para observar la reacción del animal que ocupaba el sofá.

—¿Cómo no me avisan? —agregó el mono—.¿Acaso no saben que viene por mí?

Alex dejó escapar una sonrisa observando complacido la situación pero no tardó mucho en notar los ojos del doberman clavados en los suyos, y en darle cabida al reclamo.

—Lárgate, Zach —ordenó, lentamente y sin poner demasiado énfasis.

—Oh, está bien —interrumpió una voz espesa y metálica que surgió de la penumbra del sofá—. De cualquier manera parece que tiene que terminar de arreglarse —agregó, y se movió en el sofá, inclinando su cuerpo y haciendo que una silueta de murciélago se recortara nítida bajo la luz de la lámpara.

La expresión en el rostro del chimpancé cambió enérgica y teatralmente: pasó de la completa alegría a la tristeza desesperanzada. Nadie pareció comprenderlo.

—¿Es que no estoy bien así? —preguntó, exhibiéndose con gestos.

El murciélago exhaló una risa tosca

—Sí, claro que sí —dijo, tras unos segundos, sin esforzarse por parecer sincero.

—¡Ay! Gracias, ternura. No sabes cuánto extrañaba tus piropos.

Alex sintió otra vez el reclamo en la mirada del doberman pero esta vez demoró en atenderlo. Lo observó en cambio, con el ceño algo fruncido, como si lo estudiara. El chimpancé aprovechó el silencio para avanzar hacia el murciélago con una pata en la cadera y otra en la boca. Alex le advirtió que ya era suficiente.

—Sólo vine a darle un besito —replicó el mono, pero no se movió del lugar; sabía de sobra dónde estaban los límites, y lo conveniente que era no traspasarlos.

—Me voy —agregó, abriendo exageradamente los ojos, y lanzó un apurado beso al aire antes de salir.

Desde el sofá llegó una nueva carcajada. Alex volvió a mirar y a sonreír. Lukas había bajado la vista para sacudirse un resto de ceniza del puño de su camisa negra. La risa era fuerte y reverberó de una forma que parecía abrir pequeñas heridas en el aire. El murciélago no dejó que el silencio terminara de asentarse:

adelantó completamente su cuerpo en el sofá, abandonando el último resto de penumbra, y quebró esa cortina difusa en la que se había transformado su risa con una serie de golpes metálicos y pesados que tardaron en convertirse en palabras:

—Hablemos de negocios —dijo—. ¿Tienen lo que les pedí?

Completamente bajo la luz brillante de la lámpara la piel del murciélago aparecía oscura y lastimada, en especial alrededor de uno de sus ojos atravesado por una cicatriz. Las facciones del rostro contradecían de un modo impreciso la tosquedad y dureza de los gestos y las expresiones. Llevaba una campera roja y brillante, una de las ojeras cargada de pequeños aritos, y un parche para ocultar su ojo blanco y ciego guardado en el bolsillo. Su nombre era Maxwell.

—No, aún no —contestó Alex—, pero estamos cerca.

—¿Cerca?, ¿cerca? No hay cerca: o lo tienen o no lo tienen.

—Tenemos al policía, y él lo está consiguiendo —dijo Lukas.

Alex cerró los ojos pesadamente, no podía creer lo que había escuchado.

—¿El policía? —preguntó Maxwell, frunciendo el hocico y arrugando la frente— ¿Qué policía?

—No hay problema...

—¿El sapo? ¿Ese imbécil?

—Sí, pero nadie desconfía de él...—dijo Alex.

—No puedo creerlo.

—En serio, no es tan mala idea como parece.

—Mierda.

Alex observó al doberman y respiró casi tan profundamente como el murciélago.

—En serio, ya vas a ver.

—Mierda —repitió Maxwell—, sabía que no debía confiar en ustedes.

Alex sintió tan fuertemente el impacto de esa última palabra que quedó por un rato perdido en ella. Sintió que se dirigía especialmente hacia el fastidio que había estado sintiendo y le daba una forma determinada. Luego recordó que algo había quedado pendiente y le hizo una seña al doberman para pedírselo. Lukas no entendió. Alex la repitió casi con violencia. Esta vez, sin embargo, pareció funcionar. El doberman se levantó y caminó hasta la puerta para llamar a alguien. Cuando volvía al sillón vio que el sabueso y el murciélago conversaban con cierta intimidad.

Se sentó y acercó discretamente la oreja:

—Lo sé, lo sé. Pero escucha, lo pensamos bien. No sabe que es para nosotros. Tenemos a Franny. Franny, ¿sabes? Hicimos que ella se lo pidiera… El sapo no sabe nada.

El murciélago lo miró por un momento, parecía menos furioso pero todavía contrariado. En ese momento entró una siamesa con una bandeja en la que llevaba unos vasos y una cubeta de hielos. Alex señaló la mesa, para que la gata apoyara allí la bandeja, y luego hizo un comentario que el murciélago no escuchó. Maxwell se estiró para tomar el vaso y notó que en la bandeja había además una pequeña bolsa llena de un polvo blanco-amarrillento, una cuchara y una jeringa. Un golpe lo distrajo. Alex apoyaba sonoramente un yesquero encendido sobre la mesa:

—Por si acaso.

Samuel intentaba escuchar atentamente lo que el sapo tenía para decir pero era casi imposible porque George estaba nervioso y cuando se ponía nervioso hablaba de más, sin claridad y sin estrategia. No reparaba en la reacción de quien lo estuviera escuchando para saber qué, o cómo; y cuando al fin lograba atravesar la bruma de su propia ansiedad y ver al otro, casi siempre era demasiado tarde: había dicho más de lo necesario o de lo permitido. Y eso era lo que sentía en ese momento, y por eso se callaba abruptamente sin siquiera terminar la oración que había comenzado. El juez lo miró por un buen rato y en silencio.

—Déjeme ver si entendí bien —dijo al final, adelantándose un poco en el sillón, y señalando al sapo con la boquilla de la pipa—. ¿Me está pidiendo que le entregue una prueba clave por el simple hecho de que alguien metió su endemoniada pata donde no debía?

Las primeras palabras sonaron cordiales y serenas pero a medida que la pregunta fue adquiriendo forma se fueron tornando cada vez más secas, ásperas y acusatorias.

George no podía darle una respuesta, porque la respuesta hubiera sido: "sí, claro". De hecho, no podía ni debía decir nada más; lo único que podía hacer era quedarse así sentado, inmóvil, con la mirada en el piso, transpirando, sintiendo cómo esa sensación, que había malinterpretado por respeto, se apoderaba de él al punto de impedirle siquiera pestañear. La voz de Samuel lo sorprendió:

—Bueno —riendo—, quiero ver cómo va a hacer para pagarme este favor.

Cuando George salió de la mansión se encontró con una noche inesperada; una noche de luz fría y distante. Era temprano aún, muy temprano, pero la sorpresa hizo que mirara su reloj para

comprobarlo antes de levantar la cabeza y notar el cúmulo de
nubes grises y negras que avanzaba por el cielo como lo haría
una avalancha perezosa. Sintió, además, que la humedad iba
espesando y materializando el aire. Respiró profundamente pero
eso no bastó para alegrarlo, ni siquiera para sacudirle un poco las
preocupaciones o el malestar de encima. Se quedó parado unos
momentos en la puerta observando como el sigiloso avance de
la tormenta sobre el océano devoraba los últimos rastros del sol.
Luego metió una pata en el bolsillo de la gabardina para buscar
un cigarrillo. Fue cuando dejó morir la llama del encendedor
que reparó en el efecto que esa luz azulada y vacía tenía sobre
su piel: la transformaba en algo artificial, algo mohoso y barato,
que se parecía mucho a una vieja cortina de baño. La asociación
le devolvió, inesperadamente, un retazo de la imagen que lo
asaltó la noche anterior y volvió a verse avanzando torpemente
por una autopista. La diferencia era que ya no estaba desierta.
Los autos pasaban a su lado y se escuchaban bocinas y frenos
mientras él caminaba con mucha dificultad, como si algo en su
cuerpo hubiera cambiado, como si todo estuviera cargado de
dolor. George sacudió la cabeza y se puso caminar rumbo al
auto. Justo cuando estaba en medio de la calle, parado sobre la
línea amarilla que separa el tránsito en uno y otro sentido, sintió
que una ráfaga de brisa fresca tiraba juguetona del cinturón de
su gabardina. George giró, reaccionando al contacto, y en ese
mismo momento comenzó a llover.

Quizás haya sido esa misma ráfaga la que se coló en el living
de la mansión, a través de las puertas que daban al jardín, para
despertar a Samuel de su trance. El murciélago giró la cabeza,
buscando instintivamente eso que lo había incomodado, y

se sorprendió al encontrar el cielo completamente cubierto por nubes de tormenta. Se levantó del sillón preguntándose cuánto tiempo había permanecido en él. Cerró la puerta que tenía enfrente y permaneció un par de segundos viendo caer las primeras gotas. Su mayordomo entró rápidamente, para ocuparse de cerrar el resto de las puertas, pero el murciélago lo detuvo con un gesto y le ordenó que lo dejara solo. La lluvia se iba convirtiendo en una cortina sólida y estruendosa de gotas gordas que parecían explotar al hacer contacto con el piso.

Samuel terminó de cerrar las puertas, apoyó las alas en el respaldo de un sillón y se puso a contemplar cómo el agua empapaba el jardín. Cuando llovía su visión ayudada por el radar mejoraba enormemente, y era habitual que aprovechara ese momento para reparar en los detalles, en la complejidad y riqueza de todo cuanto veía: el mobiliario, los jardines, la arquitectura, el océano golpeando la arena de su playa priva-da... Toda esa belleza tan cerca, tan suya, lo hacía sentirse un triunfador. Y un triunfador no podía permitirse que alguien lo creyera tan estúpido como para caer en una trampa tan evidente. No podía permitirse que intentaran engañarlo en su propia casa. Samuel se enfurecía cuando se sentía subestima-do, y enfurecerse era algo que detestaba. Su temperamento era su única debilidad, lo único que realmente odiaba de sí mismo. Había cometido muchísimos errores por culpa de él, y le había tomado mucho tiempo y disciplina llegar a controlarlo. Y aun así, bastaba que algún estúpido viniera a desafiarlo para que el día se fuera al demonio. Sacudió la cabeza, resopló, y se alejó de la puerta de vidrio rumbo al bar. Hacía un rato que inten-taba mirar hacia fuera sin éxito: sus ojos parecían incapaces de fijarse en un objeto y terminaban deslizándose, como una gota más, en la neblina del vidrio, sin poder atravesarlo. Sabía

que los había forzado demasiado y que no tenía más remedio
que dejarlos descansar. Así que fue hasta el bar, se quitó los
lentes y se sentó en uno de los taburetes a restregarse los ojos.
Después tomó una botella cualquiera de las tantas que había
a su espalda y descolgó una copa. Y mientras hacía esto no
pudo evitar preguntarse quién; quién estaba detrás de todo
eso. Sabía que no podía ser cosa solamente del sapo: se había
cruzado con él las veces suficientes como para saber que no
tenía el valor ni la inteligencia; que no era del tipo de policía
sucio que pudiera estar detrás de algo grande; así como tampoco era del tipo de policía que pudiera preocuparse por la
carrera de un compañero o la limpieza de un procedimiento.
Entonces: quién. Samuel bajó la vista y adivinó en la etiqueta
borrosa una marca. La dejó a un lado. Destapó, en cambio, un
coñac que tomó del estante y se sirvió pidiéndose paciencia;
había mordido el anzuelo con ganas sólo para ver quién estaba
sujetando la caña. Y ya acercaba la copa al hocico cuando un
relámpago lo estremeció. Levantó la vista, y en esa inmediata
oscuridad que siguió al destello de luz, en ese reflejo borroso
de sí mismo que se instaló en los vidrios de las puertas, Samuel
encontró algo que se parecía a una respuesta. Arqueó las cejas,
largó una exhalación corta y murmuró:

—Ojo por ojo.

Boris el araña fumaba un puro recostado en su sillón frente
al escritorio mientras leía unas anotaciones que había hecho
en una pequeña libreta negra. Tenía las patas apoyadas sobre
un cajón semiabierto, la panza asomando por un hueco que
se abría en la camisa justo antes de llegar al pantalón, y movía
constantemente una pezuña que iba desde el puro al interior de

su hocico y viceversa (salvo en las ocasiones en que se desviaba para deslizarse unos segundos por la panza o el pantalón). Boris no era en realidad una araña sino un jabalí —y uno bastante desagradable, por cierto—. Había ganado el apodo por la increíble habilidad que poseía para tejer redes entre los círculos y las personas más dispares y lejanos. No había lugar donde no conociera a un animal dispuesto a ayudarlo, a cambio de algo, y por temor, o para saldar una deuda. Lo que hacía único a Boris era la visión que tenía para invertir a futuro, eligiendo intuitivamente a los animales que le resultarían más redituables. Ahora mismo, y a pesar de que no tenía nada entre patas, miraba complacido cómo crecía esa lista en su libretita negra. Estaba sonriendo satisfecho cuando lo interrumpió el timbre de uno de sus teléfonos. Tenía dos: un moderno aparato rojo pálido de botones digitales, y su antiguo teléfono negro que volvía a lanzar un timbre maquinal, áspero y macizo contra la madera del escritorio. Boris lo miró por un momento, enarcando una ceja, y luego dejó caer la libretita sobre el escritorio. Estiraba la pata para recoger el auricular cuando la puerta de su despacho se abrió. Una ratona elegante y delicada, vestida con un trajecito gris muy justo y con el pelo recogido en un moño entraba a todo prisa. Boris regresó la pata al hocico y se puso a observarla. La ratona avanzó titubeante, observando alternativamente a Boris y al teléfono negro que seguía sonando, y se detuvo a unos metros del escritorio. Boris no dijo nada ni hizo gesto alguno; simplemente se frotó uno de sus colmillos —largo, con muescas y grietas, pero aún extremadamente filoso—, esperando con interés la decisión de su secretaria. No fue la correcta: se encaminaba veloz hacia el teléfono cuando Boris la fulminó con la mirada. La ratona se detuvo al instante e inclinó la cabeza como suplicando perdón. Se había ruborizado y temblaba.

Boris sabía que no buscaba ser entrometida sino servicial, pero eso no importaba, las órdenes que le había dado con respecto al teléfono negro habían sido más que claras y no podía haber ningún tipo de dudas; si se equivocaba tenía que pagar. Boris le hizo sentir un rato más el peso de sus ojos pardos antes de ordenarle que se fuera con un gesto despectivo. Esperó a que cerrara la puerta para levantar el auricular:

—Escucho —dijo Boris, con un tono arrogante y desdeñoso.

Si alguien lo llamaba a ese teléfono era, sin duda, para pedirle algo grande, un favor muy especial, y Boris quería dejar bien en claro, desde el primer momento, lo que eso implicaba.

La voz que sonó desde el otro lado de la línea no parecía intimidada en lo más mínimo:

—Boris, soy yo.

El silencio que se produjo no fue demasiado largo, pero duró lo suficiente como para que una serie de recuerdos y planes, especialmente guardados, ahogaran la reacción instintiva.

—Hablando de sorpresas… —la voz de Boris había perdido el tono artificial y ahora sonaba como lo hacía regularmente: áspera y agrietada—. Dime, Samuel, ¿qué puedo hacer por ti?

El silencio no volvió a ser total. Podía oirse el golpeteo lento y lejano del hielo sobre el vidrio y, de tanto en tanto, la respiración pesada que se amplificaba al rebotar en el vaso.

—Bastante, en realidad.

Boris escuchó con mucha atención e intercalando muy pocas palabras —apenas las que resultaban indispensables para indicar que continuaba escuchando y que entendía—, y luego, para terminar, murmuró un simple OK. Después no colgó —porque eso no era propiamente colgar el teléfono— sino que alejó el aparato de su oreja y lo sostuvo unos momentos, con la pata estirada, alineando el auricular con la horquilla, antes de dejarlo caer. Su mente ya estaba en otro lugar, en otros muchos lugares que conectaba con delgadas telas pegajosas. Torció por un momento su cabeza para volver a mirar la libretita pero sabía de sobra que no iba a encontrar ahí lo que estaba buscando; sabía de sobra que ese tipo de situaciones —si es que su intuición no le fallaba y ésa terminaba siendo una situación de ese tipo— requerían el trabajo de un verdadero profesional. Y no conocía demasiados animales que entraran en esa categoría: tan sólo a tres, o tal vez cuatro. No, tres, corrigió mentalmente, definitivamente tres. Y de esos tres uno estaba retirado y otro desaparecido —y muy probablemente muerto—. Y ya se concentraba en la ahora única opción cuando la última frase que había sonado en su cabeza regresó como un golpe; un golpe que increíblemente consiguió alcanzarlo con la guardia baja. Boris alzó la vista para mirar el escritorio vacío que comenzaba acumular polvo en el otro extremo de la oficina y sintió, o creyó sentir, que por un par de segundos el afuera se tornaba borroso y distante. Reaccionó de inmediato, lanzando al aire una risa corta y seca. Después aplastó enérgicamente el puro en el cenicero y se levantó del sillón para llamar a su secretaria con un gritó. La ratona entró caminando a toda velocidad. Boris estiró una pata señalándola.

—Consígueme a Vincent —dijo.

George condujo hasta la estación, esta vez la central, en un estado de casi total ausencia. En ese mismo estado estacionó el auto y bajo de él para luego cruzar la calle hasta la enorme puerta del edificio sin siquiera incomodarse por la sólida cortina de agua que lo empapaba. Una vez dentro saludó con el mismo gesto distante a conocidos y desconocidos y, después de atravesar unos cuantos pasillos, descendió por una angosta escalera atesorando con su pata en el bolsillo de la gabardina un pequeño papel que llevaba la firma de Su-Señoría-Samuel-el-murciélago. La escalera daba a un sótano donde había algunas celdas, que no se usaban con frecuencia, y un gran depósito de evidencias que en ese momento estaba a cargo de Bruce el búho. La puerta del depósito estaba protegida por una especie de jaula de alambre rojizo de tres por tres donde había un mostrador y una ventana para atender al público. No había nadie dentro.

La luz del lugar era débil —apenas bombitas colgadas del techo sin ningún adorno—, y llegaba, además, un zumbido que podía ser provocado por una caldera o algo por el estilo. Estaba todo muy húmedo y algo sucio. George sabía que sobre el mostrador había un timbre y notó, además, que la puerta del depósito estaba entreabierta. De cualquier manera prefirió esperar: estaba algo nervioso y le costaba continuar con lo que había empezado. Metió su pata en el otro bolsillo y sacó el paquete de cigarrillos. Se colgó uno en la boca pero no lo encendió. En lugar de eso se secó la palma de la pata sudorosa contra la gabardina. En ese mismo momento, Bruce, que estaba mirando un pequeño televisor blanco y negro, se estiró en la silla para poder ver por la abertura de la puerta. No vio algo concreto —no más que un poco de gabardina y camisa—, pero sí lo suficiente como para saber que debía pararse y caminar hasta el mostrador. Se paró, sí, pero demoró en caminar porque estaba mirando uno de esos programas de preguntas y respuestas, y mentalmente había arriesgado una de las últimas. Falló.

—¿Que hay? —dijo Bruce, acercándose al mostrador, con las alas en los bolsillos.

La voz del búho era aspirada y plana pero igual consiguió sorprender a George que había quedado sumido en sus pensamientos. Reaccionó nerviosamente. Encendió el cigarrillo y dio tres pitadas a toda velocidad; como si lo que quisiera fuera esconderse detrás de la débil nube. Lo único que logró fue que el humo se le metiera en los ojos, pero no tardó en darse cuenta de que podía aprovecharlo: hizo un ademán para señalar el problema y a la vez pedir disculpas, y luego se llevó una extremidad a los ojos para frotarlos mientras que con la otra, distraídamente, le acercaba la orden al búho. Bruce miró el papel por apenas unos segundos y enseguida regresó la vista a los llorosos y huidizos ojos del sapo. La mirada del búho era profunda e inmutable. George sentía el peso de esa mirada:

—¿Qué?

—No me avisaron nada de esto.

—Bueno, ya sabes cómo son...

El búho repitió la mirada:

—Wilkinson...—señalando el papel—. Este número... Es el collar de perlas, ¿verdad?

George no dijo nada.

—¿Eh? Es el collar, ¿verdad?

George torció la cabeza y abrió la boca pero no dijo nada.

—Vamos, viejo —dijo—, este es el collar de perlas de la vieja esa... culito apretado. ¿Cómo se llamaba? —el búho hizo una pausa para buscar el nombre pero enseguida se dio por vencido.

Zafira, respondió mentalmente George.

—¿Eh? Este es el collar que salió en los diarios... ese que vale como medio millón.

George seguía sin responder. Bruce miraba el papel y al sapo, alternativamente.

—Voy a necesitar más que esto —dijo el búho, al fin—. No puedo darte ese collar así como así.

George se apresuró a señalarle la firma.

—Sí, está bien, es la firma del viejo, o parece la firma del viejo.

A George le molestó ese comentario y quiso decir algo pero el búho seguía hablando.

—…pero a mí no me avisaron nada. ¿Eh? Ustedes se creen que con venir así… No es sólo venir con una orden y pedir lo que se les ocurra como si esto fuera un maldito almacén de ramos generales. Tengo que pedir autorización para este tipo de cosas. Me tendrían que haber avisado…

George sintió que la posibilidad de conseguir el collar comenzaba a alejarse y con eso, también, su precaria tranquilidad. Ya empezaba a sentir los primeros síntomas de la desesperación, y a imaginar lo que vendría después, cuando se sorprendió dándose cuenta de que nada iba a venir después; de que nada iba a suceder; de que podía irse de ahí tranquilamente sin el collar. Y no lo podía creer pero era verdad: no iba a pasar nada. La chancha se iba a quejar, sí. Iba a patalear y gritar estupideces, pero, ¿y qué? Eso no era nada. Podía vivir con eso. Y darse cuenta le hizo muy bien; le hizo sentir que no tenía nada que perder. Y entonces siguió pensando que, además, le podía decir a la chancha la verdad —que lo había intentado—, y mostrarle la orden firmada por Samuel el murciélago. Y en ese momento, cuando ese nombre sonó en su cabeza, se dio cuenta de que algo sí iba a suceder si se iba sin ese collar: iba a dejar un cabo suelto y a un juez confundido haciendo preguntas y hablando con mucha gente; y de que más tarde o más temprano iba a tener que enfrentarse a eso solo, sin la más mínima coartada, sin el más mínimo apoyo.

—No, no… Escucha —interrumpió—. Lo necesitamos como señuelo. Es algo grande. Realmente grande. Lo sacamos, lo mostramos, y el lunes está acá de vuelta. A mí tampoco me hace gracia andar con esas mierdas encima. El lunes está acá. En serio, acá.

El búho se había callado, al fin, y lo miraba; George había logrado sonar convincente a pesar de la transpiración y el temblor.

Después de unos momentos el búho espiró pesadamente y sacudió la cabeza.

—Catorce jodidos meses. Catorce jodidos meses para la jubilación y me vienen con esto. ¿No podías haber venido en el turno de otro?

George sonrió. Bruce se dio vuelta pero algo lo retuvo y para ver de qué se trataba giró la cabeza —sin girar el cuerpo— hasta dejarla casi de frente al sapo, que se había estirado para sujetarlo de la túnica.

—Algo más —dijo George, soltando la túnica del búho y apoyando un dedo sobre el papel que le había dado—. No archives esto. Lo voy a venir a buscar el lunes.

Bruce permaneció en silencio, tomó el papel, regresó la cabeza a su lugar y se perdió por la puerta del depósito. George volvió a escuchar, ahora muy débilmente, la voz del búho:

—Catorce jodidos meses.

III

En la oficina de Boris volvió a sonar el teléfono negro, y Boris volvió a recargar su voz de arrogancia para atender la llamada:

—Escucho —dijo, y se echó hacia atrás en el sillón.

—Por ahora no hay sorpresas.

Reconocer la voz le tomó casi un segundo.

—Bien —dijo.

—Levantó la pieza y la trajo con él hasta el apartamento. No se ha movido desde entonces.

—A-há —respondió, y luego permaneció en silencio, pensando. Por el auricular llegaba estática, algo de ruido de tránsito y la voz lejana de lo que parecía una vieja borracha llamando a alguien—. ¿Dónde estás? —preguntó.

—En una cabina, en la esquina de la tercera y Parkinson; justo debajo de su ventana.

—Bien —dijo, se sentía un poco disperso.

—¿Qué quieres que haga, Boris?

La respuesta demoró.

—¿Qué quiero que hagas…? Ya sabes. Lo necesario.

—Bien.

—Y avisarme de cualquier cambio, cualquier cosa.

—OK.

—OK —repitió Boris, y luego estiró la pata para colgar, pero algo lo detuvo, algo que parecía buscar entrecerrando los ojos. Enseguida volvió a llevarse el auricular a la oreja:

—Vincent, ¿sigues ahí?

—Sí, Boris ¿qué pasa?

—¿Cómo lo ves?

—¿Cómo lo veo?

—Sí.

—Bueno, es muy pronto para saberlo…—Vincent hizo una pausa—. Parece algo de rutina.

—Bien.

—Aunque… hay algo que me está molestando…

Un sonido al otro lado de la calle le llamó la atención: un auto se detenía bruscamente justo en una zona oscura donde unos árboles contenían la luz del farol. Era un viejo Packard, bastante desvencijado, prácticamente un auto de museo. Vincent el lince deslizó un poco la puerta de la cabina para poder ver y oír mejor. La puerta del Packard, en cambio, se abrió repentina y violentamente. No salió nadie, sólo risas, que parecían ser de hembras. Vincent aguzó la vista pero el contraste del farol con la oscuridad le impedía ver quién estaba dentro.

—¿Vincent?

Las risas fueron transformándose en carcajadas y, de un momento a otro, una cerda saltó fuera del auto y quedó tambaleándose en medio de la calle. Detrás de ella salió lo que en un primer vistazo le pareció un chimpancé hembra realmente feo que le advertía a la cerda, con voz aguda y afectada:

—Cuidado, chica, que te vas a hacer daño.

Bastó una segunda mirada para darse cuenta de que, a pesar del largo vestido rojo y el sombrero a lo Carmen Miranda, se trataba de un macho.

—¿Vincent?

El dúo cruzó la calle. El chimpancé daba saltitos girando alrededor de la cerda y la abrazaba. Llevaba una cámara colgada al cuello, como si fuera un turista entusiasta en Mardi Gras, o en un desfile de *drag-queens*. Vincent se fijó en la cerda, en el largo abrigo negro que llevaba por sobre un vestido brillante de seda; se fijó en los tacos larguísimos y finos; en esa forma de caminar, deslizando las patas, rozando un muslo contra otro, y sacudiendo el culo de una manera atrevida y al límite de lo obsceno; y se fijó, sobre todo, en la mirada: le pareció realmente poderosa (sobre todo tratándose de una cerda). Y tuvo que girar para darles la espalda porque estaban demasiado cerca y, a pesar de todo, no podía estar completamente seguro de que no lo conocían.

—Vincent, ¿estás ahí?

El dúo rió en la puerta del edificio. Se divirtieron jugando con los botones del portero eléctrico hasta que sonó el timbre que les abría la puerta.

—Escucha, Boris. Surgió algo. Te llamo luego.

—OK —dijo nuevamente Boris y colgó.

Volvió a echarse hacia atrás en el sillón —porque en algún momento durante la conversación, sin darse cuenta, se había enderezado— y en esa posición se frotó un poco un pelambre que tenía en el hocico y que dejaba ver una herida rosada. Luego espiró pesadamente y miró el reloj. Era tarde, muy tarde, había sido una jornada larguísima, y a pesar de eso no sentía deseos de volver a su casa. Se puso de pie y arqueó el lomo mientras pensaba qué hacer. Accidentalmente sus ojos se toparon con el escritorio de enfrente. Lo miró por un momento, indeciso, pero finalmente caminó hacia él. Se paró detrás y deslizó la pata por sobre la madera; la capa de polvo ya no era delgada sino espesa. Debajo la madera surgió intacta y brillante. Se preguntó cuánto tiempo había pasado desde la última vez que había habido alguien detrás de ese escritorio pero no quiso sacar cuentas. Se limpió el polvo en el pantalón y estiró la pata hacia el primer cajón. Que no llevara llave le resultó decepcionante. Además estaba prácticamente vacío: no había más que algunos papeles con anotaciones viejas y unas cuantas cajas de fósforos, de las que regalaban en los cabarets. Lo cerró e intentó con el segundo. Se topó con una botella de *Jack Daniel's* prácticamente llena.

«Sólo por el chiste del nombre», pensó.

Debajo había un par de libros realmente viejos en japonés y una pequeña libreta negra que enseguida le llamó la atención. Era sorprendentemente parecida a la que él usaba. Boris se sentó y se puso a hojearla. Estaba repleta de nombres y números. No podía creer lo que estaba descubriendo. Avanzaba totalmente sorprendido y contrariado por una familiaridad que no terminaba de asir, hasta que en una de las hojas finales encontró una nota en la que aparecía su nombre: "¿Así que nadie puede husmear en tu libreta pero tu sí puedes husmear las libretas de los demás? Muy mal, Boris. Muy mal" Estaba firmada con un simple jota y debajo tenía una postdata: "A propósito, ¿reconociste los nombres?" Boris retrocedió algunas hojas y leyó con más cuidado. Exhaló una única carcajada: eran jugadores de cricket de la década del setenta; época en la que por alguna razón había sido adicto a esa mierda, todavía no podía comprender por qué. Se quedó unos segundos observando la libreta, sintiendo como la sorpresa se desvanecía, y luego la tiró dentro del cajón.

—Pero está hecho —dijo en voz alta.

Estiró la pata para tomar la botella de whisky cuando lo distrajo un reflejo en el fondo del cajón. Movió los libros y se topó con una pequeña medalla plateada que reconoció de inmediato. Boris deslizó la parte sensible de su pata por sobre el grabado. No pudo recordar en qué antiguo dialecto estaba ni qué era lo que significaba exactamente pero sí que se trataba de una especie de lección filosófica, y que por más de una razón, era muy valiosa y muy importante. De hecho nunca había visto al maldito conejo sin ella. No podía entender qué podría haber pasado; qué razón lo habría llevado a quitársela... La única hipótesis que se le ocurría le resultaba totalmente repulsiva. Boris se puso a revisar los recuerdos de los últimos tiempos buscando alguna señal de desconfianza; algún cambio en la relación; un indicio de que estaba sospechando; de que sabía que algo iba a pasarle, pero no encontró nada, y eso lo molestó aún más. Cerró el cajón de una patada y se alejó del escritorio. Se pasó la pezuña por la nuca exhalando con intensidad y luego hinchó la panza para llamar a su secretaria. La ratona apareció unos segundos después, caminando velozmente. Se detuvo apenas cruzó el umbral de la puerta. Llevaba lentes sin montura, de cristales delgados, y un bloc de notas que sostenía apretándolo contra sus pechos; ya no tenía puesto el saco, y un mechón platinado, casi blanco, se había escapado del moño y le caía sobre la frente. Era delgada y pequeña. En palabras de Boris: "fácil de manipular".

—¿Sí? —preguntó, acomodando con la lapicera el mechón detrás de la oreja.

Boris la señaló con el hocico:

—Quítate la ropa.

George se levantó para quitarle el seguro a la puerta y enseguida regresó al sillón y a jugar con las perlas del collar que había guardado en el bolsillo del pantalón. Las deslizaba una a una por los dedos y las membranas, con lentitud y minucia, como si en lugar de perlas se tratara de las cuentas de un rosario. Ya iba por la tercera vuelta y por el segundo whisky doble. Un rato atrás había conseguido calmarse un poco, pero al ver a Franny por la ventana volvió a sentir que la desesperación lo invadía: ya era suficientemente malo que la cerda lo hubiera convencido de tomar la fotografía en su apartamento; ahora además venía borracha y con ese imbécil. George volvió a arrepentirse, y a reprocharse el haberse metido en lo que se había metido; y a pesar de que era algo frecuente y en general inofensivo, esta vez, sin embargo, estuvo realmente a punto de hacer algo al respecto: esta vez estuvo a punto de levantarse, pasar el seguro a la puerta y "desaparecer" hasta el lunes, que era cuando debía regresar el collar. Estuvo a punto pero no hizo nada; lo que lo hizo desistir fue darse cuenta de que lo más difícil ya había pasado; de que había conseguido algo que en un principio le había parecido casi imposible. Reparó en esto y se sintió satisfecho y aliviado. Y para alimentar esa sensación recordó lo fácil que había sido conseguir la orden.

Sí, muy fácil.

Quizás demasiado.

George se puso a observar el recuerdo con más detenimiento buscando algún indicio que le confirmara que no había habido nada extraño en la forma de actuar del juez; que había conseguido la orden porque había logrado convencerlo de algo que al final de cuentas era evidente: el reglamento no funciona en las calles. Para hacer que las cosas se movieran no había más remedio que ensuciarse un poco. Y quería convencerse de eso, y de que, en definitiva, esos jueces vivían alejados de la realidad, metidos en esas mansiones, sin tener idea de lo que realmente pasa; y que mejor para ellos porque no fuera cosa de que metieran el hocico donde no les incumbía, y un día apareciera alguien buscando saldar cuentas, y los encontrara descansando en su playa privada con alguna bailarina del Go-Go´s o del Sunderland, y no tuvieran más remedio que suplicar y cagarse en sus finos pantalones.

Sí, se dijo a sí mismo, era eso, forzándose a creer en su propio razonamiento. Sí, repitió, ahora sólo falta la fotografía. Y se acomodó en el sillón, y sacudió los hielos, y liquidó lo que quedaba en el vaso de un trago.

Pero el razonamiento era demasiado endeble como para lograr convencerlo. Lo único que consiguió fue espantar un poco esa sensación de intranquilidad y angustia que pronto encontró refugio en la fotografía; y George no tardó en preocuparse por la posibilidad de que reconocieran su apartamento. Y claro que se dijo que no; que no era posible. ¿Cómo mierda lo iban a reconocer? Su casa no era el maldito museo de arte moderno, nadie entraba en él. Pero no iba a bastar, y él lo sabía; y también sabía que era absurdo seguir así, y entonces ya en voz alta dijo:

—Quince mil dólares —con la esperanza de que ese fuera el razonamiento que necesitaba para convencerse; de que ese fuera el argumento que acabara con todas las preocupaciones—. Quince mil cochinos dólares. Unas buenas vacaciones, lejos de toda esta mierda.

E insistió pensando en que Wilkinson no echaría de menos esa cantidad ni ninguna que la cerda pudiera sacarle.

—Quince mil dólares, limpios, sin problemas.

Y como si fuera la fórmula para dar por terminada la discusión que tenía consigo mismo se llevó el vaso a la boca para dar el último trago. Pero no hubo trago: los hielos golpearon contra sus labios de sapo y eso fue todo. Eso y la desagradable sensación de estar bebiendo el vacío. George miró el vaso y a través del fondo vio borroso el piso de madera y una de sus patas, y quedó inmóvil acechando una imagen muy difusa que había aparecido en su mente. La dejó ir cuando se dio cuenta de que era otra vez la imagen de la autopista que lo había estado acosando. Unas voces llamaron su atención. Venían del pasillo. Voces y risas.

—¿Es éste?

—Sí, entremos.

—¿No vas a tocar primero? A lo mejor lo encontramos haciendo algo indebido. No sé, se me ocurre; pero claro, es tu sapito; tú lo conoces mejor.

La carcajada sonó grotesca y ácida, algo así como una úl-
cera flotando en el aire. A George le resultaba inconfundible.
Cuando terminó de apagarse sonó un:

—¡Iujuuu! —estridente.

George volvió a observarse caminando tambaleante por la
autopista. Un camión rojo avanzaba hacia él haciendo sonar
la bocina.

—Está abierto —dijo.

Vincent seguía en la cabina y con el auricular pegado a la
oreja, como si todavía estuviera hablando. Le había llamado
la atención un Lincoln negro que había estacionado en la otra
esquina segundos después de que el dúo entrara al edificio y
por eso había decidido esperar un momento a ver qué pasaba.
Lo que había pasado era un buen cuarto de hora sin que nadie
se moviera. A pesar de la distancia y la poca luz Vincent había
logrado distinguir, aguzando sus ojos de lince, a un obeso ovejero alemán sentado frente al volante y con los ojos puestos
en una de las ventanas del edificio. Era obvio que algo estaba
sucediendo y, por la forma en que Vincent fijó la vista en el
perro, era también obvio que algo más iba a suceder.

Se quitó el sobretodo oscuro, torció el sombrero para que
le ocultara el rostro y salió de la cabina caminando lentamente
rumbo a la intersección. Caminó hasta donde no podían verlo
y ahí se detuvo. Se calzó nuevamente el abrigo, anudando el
cinturón y sin abrochar los botones, y estiró el cuello. Después
se quitó el sombrero y se puso a mirar en derredor, buscando
un lugar dónde dejarlo. Frente a él se abría un pequeño callejón,
a espaldas de un edificio, protegido por una cerca de madera.
Se acercó a la entrada y dio un saltito para dejar el sombrero en

el descanso de la escalera de incendios; después se metió en el callejón. No había vagabundos, como había temido, pero un olor inconfundible le señalaba que había encontrado lo que buscaba. Vincent se inclinó para tomar una bolsa de papel marrón recostada contra una pared. La levantó y revisó la botella que tenía dentro para ver si quedaba algo: apenas gotas, pero era un whisky tan malo que esas gotas debían ser más que suficientes para que se oliera a kilómetros. Sacó un pañuelo del bolsillo interior del sobretodo, echó el whisky sobre él, desprendió unos botones de la camisa y se lo enrolló en el cuello. Después se despeinó los pelos de la punta de las orejas y de la melena —que surgía a la altura de las cejas y caía alrededor de la cabeza como si se tratara de largas y extrañas patillas— y remangó el sobretodo sólo de un lado. Eso le pareció suficiente. Salió del callejón y cruzó media calle, caminando encorvado, tambaleante y con la botella, todavía envuelta en la bolsa, sujeta en su pata derecha. Se detuvo en el medio de la calle y gritó algo sin sentido; algo que llamara la atención de los perros. Cuando estuvo seguro de que lo habían visto se encaminó torpemente hacia el auto. Se apoyó en el techo, como si quisiera evitar caerse, y miró hacia el interior. Además del ovejero había un gran danés, que ocupaba el asiento del acompañante, y detrás un chow-chow bastante ancho aun para los de su raza. Lo miraban con bastante desprecio pero sin darle demasiada importancia.

—Ey, amigo ¿Tiene una moneda?

—Lárgate —gruñó el gran danés.

Era grande, no tenía los músculos marcados pero no era gordo. Tenía una de las orejas triangulares algo torcida, el pelaje de color gris ceniza, y la mirada y la lengua pesadas.

—Vamos, amigo. No tengo trabajo. Sólo una moneda.

—Que te largues —volvió a gruñir el gran danés.

En ese momento el ovejero, que se había desentendido de la conversación, volvió a mirar a Vincent, ahora con más cuidado.

—Tranquilo —pidió al gran danés—. ¿No ves que es sólo un pobre gatito?

Los tres rieron y festejaron. Vincent esperó, con una sonrisa, a que las carcajadas se apagaran. Entonces se acercó un poco más y dijo:

—Es un comentario bastante atrevido; sobre todo viniendo de tres hijos de perra.

IV

—¡Eres un maldito cobarde!

Franny gritaba y se movía enérgicamente, casi con violencia; y eso hacía que el abrigo, que mantenía sujeto con su pata, apresando los bordes a la altura del pecho, se deslizara dejando ver un hombro y una de las tiras del vestido. Estaba bastante despeinada y el rímel se le había corrido transformándose en una mancha oscura difusa que acentuaba el cansancio en su mirada.

—¡Un hijo de perra!

Gritaba y después quedaba inmóvil, como si todo ese reclamo la dejara exhausta y vacía. Inmóvil y con una expresión que mezclaba desprecio y súplica. Y era durante esos breves momentos, de quietud, de fragilidad, de sentimiento, que aparecía lo más sensual de su belleza. Algo puro: una luminosidad que no había muerto por completo y que se ocultaba en algún lugar profundo y lejano. Después volvía a gritar y todo se iba al diablo.

Zach le pidió que se calmara, por décima vez, pero la verdad era que él también estaba un poco nervioso y fuera de sí, esperando una respuesta tranquilizadora que ya parecía que no iba a llegar. Su jefe seguía en el sillón, callado y pensativo, mirando por una ventana que dejaba entrar la humedad y la luz gris hiriente de una mañana nublada y fresca.

Franny volvió a la carga:

—Dijiste que no había peligro.

Alex torció para mirarla. No dijo nada, sólo la miró. La expresión en su rostro seguía mostrando fastidio.

Franny esperó a que el sabueso regresara la vista a la ventana para continuar:

—Dijiste que no había peligro. ¿Eh? ¿Te lamentas de que no nos hayan matado a nosotros también?

Alex resopló y habló sin mirarla.

—¿Eso es, realmente, lo que crees?

Franny titubeó por unos segundos pero no quiso darse por vencida:

—¿A quién contrataste, maldito per...?

—¡Ya, basta! —Alex se levantó y fue hacia la cerda—. Estas diciendo estupideces... Una tras otra. No tengo la más mínima idea de lo que pasó allá afuera, y poniéndote así no me estas ayudando a averiguarlo.

Franny lo miró por un momento, escudriñándolo, y después, quizás cansada, quizás porque tenía la esperanza de que el sabueso por fin hablara, fue a sentarse junto al mono tras la mesa redonda.

Alex buscaba un quién y un porqué, pero no lograba encontrarlo y eso lo ponía en la muy desventajosa situación de no saber qué esperar, ni cuándo; y lo del Lincoln no era un antecedente en absoluto tranquilizador.

—Escucha —dijo, acercándose a la silla en la que acababa de sentarse la cerda—, necesito que me cuentes todo lo que sucedió; detalle por detalle.

Franny volvió a mirarlo, primero a los ojos, y luego desvió la vista hacia la masa de carne rojiza y brillante de los párpados inferiores. Cuando volvió a levantarla se encontró con que el sabueso la miraba fijamente, esperando una respuesta. Franny adelantó un poco un hombro y torció e inclinó la cabeza: era su forma despectiva de decir que sí.

—¿A qué hora llegaron? —preguntó Alex.

—Alrededor de las once.

—¿Vieron algo raro? ¿Algún auto? ¿Alguien las siguió?

—No, sólo el Lincoln, con los todopoderosos guardaespaldas.

El tono era sarcástico.

—¿Nadie en la calle? ¿Familias, viejos, vagabundos, marineros?

—No, nos bajamos del auto llamando la atención como nos pediste, y fuimos directo al apartamento.

Alex miró de reojo al chimpancé esperando algún gesto que confirmara lo que la chancha había dicho.

—En la cabina telefónica... —se apuró a agregar Franny, como si acabara de recordarlo—. Había alguien. Era sólo uno. Bien vestido, de sombrero, pinta de ejecutivo.

Alex reaccionó con sorpresa:

—¿Cómo era?

—No sé, no pude verlo bien. Creo que era un puma.

Alex volvió a mirar al chimpancé. Zach alzó los hombros y puso expresión de desconcierto. Alex sacudió la cabeza y se estiró para alcanzar un cenicero que estaba en el otro extremo de la mesa. Encendió un cigarrillo y se puso a repasar mentalmente todos los animales que conocía, o de los que había oído hablar, buscando un puma. No encontró ninguno.

—¿Y qué hizo?

—Nada, estaba hablando y como hacíamos ruido se tapó una oreja para escuchar —Franny cruzó los brazos cerrando más el abrigo.

—¿Los miraba? ¿Estaba desde antes?

—Uff, no sé. Hablaba por teléfono. Parece que hicimos mucho ruido y que no podía escuchar bien. No sé. No parecía nada peligroso... era un tipito —Franny recordaba el momento en el que ella lo había mirado y él había desviado la vista.

Alex la quedó mirando por un buen rato. Después resopló, dio una pitada y largó una bocanada lenta antes de volver a hablar.

—¿Segura de que era un puma?

Franny tenía la vista perdida en la ventana. Asintió pero Alex no quedó conforme.

—¿Segura?

—¡Sí!

Alex quedó pensativo y en silencio, dándole golpecitos al cigarrillo, haciendo que la ceniza cayera dispersa en el cenicero. Después cerró los ojos y movió muy lentamente la cabeza hacia ambos lados. Al inclinarla hacia adelante puso una mueca de dolor; abrió los ojos, dio una larga pitada, y aplastó el cigarrillo en el cenicero.

—¿Después subieron? —preguntó, largando el humo.

—Sí, y el sapo estaba solo.

—¿Qué hicieron?

Franny resopló:

—Lo hicimos tomar, pero estaba pesado, quería que sacáramos las fotos y que nos largáramos. Ya sabes —señaló con el hocico—: no le gusta Zach.

—¿Entonces?

—Entonces le pedí el collar y empecé a jugar con él, y se puso como un imbécil, y dijo que sacáramos las malditas fotos. Al final las sacamos como a eso de la una y media. El muy imbécil movió medio apartamento: trajo un sillón, y unas sábanas; estaba completamente paranoico.

—¿Escucharon ruidos en la calle, frenadas, disparos?

Franny volvió a desafiarlo con la mirada.

—Ok —dijo Alex, sin quitarle los ojos de encima—. ¿Y el collar?

—Zach hizo el cambio —dijo Franny.

Alex torció la cabeza para mirar al chimpancé que se enderezó como si fuera un soldado ante una revista.

Franny continuó:

—Llevé al sapo al dormitorio. Al principio no quería pero... —rió—. ¡Es tan imbécil! Él mismo echó a Zach de la habitación.

Alex volvió a torcer la cabeza.

—¿Zach?

—Estaba en el pantalón —la voz de Zach tenía más de infantil que de femenina; los gestos, y la forma de modular las palabras, en cambio, eran afectados y casi grotescos—. Yo busca y requetebusca como una loca, porque el sapito estaba de malas y le dio el collar a Franny pero después que hicimos todo el teatro de las fotos desapareció con él y no sabíamos dónde lo había puesto —Zach respiró—. Me tuve que meter como una espía al cuarto, en cuatro patas y silenciosa, y rogándole a la virgen que no me viera, porque se iba a poner como un loco, pero estaban en la ducha, porque al sapito le gusta hacerlo en el agua, y entonces...

Alex lo intimidó con la mirada.

—En el pantalón. Lo saqué del bolsillo y puse el otro —completó rápidamente y del escote de su vestido sacó un collar de perlas; el collar de perlas.

—¿Entonces? —preguntó Alex, volviendo a mirar a la cerda.

—Nos quedamos hasta que nos echó, como dijiste.

—¿A qué ho...

—A eso de las cuatro y media. Subimos al auto, pisé dos veces el freno y esperé el cambio de luces del Lincoln. Pero no hubo cambio de luces. Esperamos un rato y nada. Entonces dimos la vuelta, y cuando pasamos por enfrente los vimos... —la voz de Franny fue haciéndose más pausada y metálica— ... muertos.

—¿Cómo se dieron cuenta?

—¡¿Cómo nos dimos cuenta?! —Franny estaba otra vez gritando.

Alex no aclaró lo que había querido decir. Se paró, caminó hasta la ventana, se apoyó contra un borde y encendió un nuevo cigarrillo. Dio una pitada larga mirando hacia la bruma del mar que trepaba sobre las casas, y se puso a repasar mentalmente lo que la cerda había dicho. Después recordó la conversación que había tenido más temprano con el doberman, y eso derivó en una serie recuerdos y pensamientos que se hilvanaban en torno al creciente fastidio que venía sintiendo. Alex estiró la pata hacia la ventana para tirar la ceniza del cigarrillo. La ceniza se desprendió y cayó dando suaves espirales antes de desaparecer sobre un toldo verde.

La imaginación de Alex prolongó el descenso y los ojos siguieron esa caída imaginaria hasta el cemento poroso donde quedaron fijos. Sintió que un recuerdo difuso daba vueltas en su cabeza pero no lo pudo capturar; en cambio mentalmente repitió una frase que pareció surgir de la nada: «Ah, si no fuera

Rey, perdería la paciencia». Alex se sorprendió ante esa aparición y se preguntó dónde la podría haber escuchado y por qué la repetía ahora, pero la imagen del chimpancé que se coló por el rabillo del ojo regresó sus pensamientos al collar.

Alex lo llamó con un gesto y se encaminó hacia el pasillo que conducía a los cuartos. Zach lo siguió rápidamente. Se detuvieron frente a la última puerta. Alex estiró la pata. Zach entrecerró los ojos y lo miró sin comprender.

—El collar.

—Ah. Sí, sí.

El chimpancé volvió a meter la pata dentro del escote. Esta vez le fue más difícil sacarlo; quedó enganchado en uno de los alambres del corpiño.

—Ay, pero qué cosa.

Zach se ayudó con la otra pata y por fin consiguió liberarlo. Alex tomó el collar, le hizo un gesto al chimpancé para que se alejara, y abrió la puerta del cuarto.

Cuando regresó al living se encontró con que Lukas entraba y fruncía el hocico al ver a la cerda. Ella no le prestó la más mínima atención: fingió estar concentrada en quitarse el exceso de esmalte de una pezuña. Alex se detuvo en el pasillo y lo llamó con un gesto.

—¿Qué hay? —preguntó Lukas, levantando el hocico.

Estaba vestido completamente de negro; el pantalón parecía recién planchado, y la camisa tenía el cuello recto. No llevaba corbata y sólo el último botón estaba abierto. Alex, en cambio, seguía con los pantalones de seda del pijama y una bata corta:

—¿Qué tal salió todo? —preguntó.

—Está hecho. En el río. Los muchachos. Quinientos. Sin preguntas.

—Bien —dijo Alex, al tiempo que fijaba la vista en el piso y movía afirmativamente la cabeza.

—¿Y éstas? —el doberman señaló hacia el living con la cabeza.

—¿Éstas qué?

—¿Qué hacen acá?

Alex resopló con fastidio, le parecía algo exagerado pero no quería perder más tiempo en discusiones inútiles, y últimamente sentía que cada discusión con Lukas lo era. Se acercó al living y les pidió que se fueran:

—Necesitamos la sala. Pueden ir al cuarto de visitas. Llévense alguna botella si quieren.

Luego se sentó en un sillón y esperó a que Lukas se sentara frente a él para continuar:

—¿Qué pasó?

Lukas no contestó enseguida. Largó un je corto y levantó una ceja mientras aguardaba a que estuvieran solos.

—Eso es lo que me gustaría saber. Por cómo estaban las cosas parece que no tuvieron tiempo siquiera de moverse; el chow-chow tenía su propia espada clavada en el medio del pecho.

Alex no contestó. Se paró ensimismado y caminó hacia la parte del living que se transformaba en cocina. Se detuvo frente a la mesada y giró para mirar al doberman.

—Mierda —dijo, como para continuar la conversación.

—Eso no es ni el comienzo —retomó Lukas—. Las heridas… eran realmente desagradables: huesos salidos, cuellos cortados, huecos sin carne… todo ese tipo de cosas.

Alex estaba de espaldas buscando un vaso en el aparador; arrugó el hocico pero no dijo nada. Por momentos le parecía que el doberman disfrutaba de lo que estaba contando.

—Uno de los muchachos... Los despachadores, ya sabes. Dijo que había visto esta clase de heridas antes. Estuvo metido como mercenario algún tiempo en el oriente, y todo eso. Y dice que esto es cosa de un solo tipo.

Alex desenroscaba la tapa de la botella de whisky que había tomado del estante cuando se dio vuelta para mirar al doberman.

—¿Qué? ¿Un despachador? ¿Desde cuándo saben algo esas mierdas?

—Sí, yo pensé lo mismo. Pero, escucha. Mandé a buscar a Paul el bulldog y hay algo realmente raro en todo esto. El bulldog miró y hurgó en los malditos cuerpos y le dio la razón. Dice que deberíamos estar buscando a un felino extremadamente rápido y endemoniadamente fuerte —dijo Lukas, imitando vagamente al bulldog.

Alex lo miró con desprecio. Cada tontería del doberman, cada estupidez por mínima que fuera parecía resonar en él de una forma desmedida; y cada vez se le hacía más difícil soportar el fastidio que todo eso le generaba. Soportarlo y contenerlo.

—¿Hay algo de todo esto que te parezca divertido?

El doberman pareció desconcertado:

—¿Qué? ¿Por qué?

En ese momento un recuerdo cruzó la mente de Alex:

—¿Un puma? ¿Eso es lo que buscamos? ¿Un puma?

Lukas lo pensó pero terminó diciendo que no:

—Por el tamaño de la mordida y la velocidad con que hizo los cortes yo diría que no. Quizás un cheetah, o algo así. Eran tres. Nada del otro mundo, es verdad, pero tampoco tan poca cosa como para despacharlos así nomás.

Alex quedó con el hocico y los ojos bien abiertos.

—¿Un lince? ¿Pudo haber sido un lince?

Era una pregunta que se hacía más a sí mismo, y que involucraba algunas variables y hechos del pasado que quedaban fuera del entendimiento del doberman. De cualquier manera éste torció la cabeza y elevó las cejas como sopesando la idea:

—No veo porqué no.

—Sí, yo tampoco. Escucha —dijo, caminando hacia el pasillo—: Llama a Paul y a los muchachos; tenemos que estar listos por si hay que acelerar las cosas.

Lukas levantó una ceja.

—Y que Paul ubique a Richard. Tal vez necesitemos un poco de ayuda en esto.

V

Boris se movía inquieto en la cama enrollándose en las sábanas. Soñaba que iba caminando apurado por una calle del centro. Era una calle angosta de pequeñas tiendas, algunas con toldo, todas sin marquesina, con muchos autos estacionados a ambos lados y poco tráfico. Estaba sobre una pendiente a cinco o seis cuadras del centro financiero, por lo que se podían ver los enormes y brutales edificios de la avenida principal asomando por sobre los mercados de comida natural, las pescaderías, las tiendas de discos y de aparatos electrónicos. No era una calle real: en el sueño la mente de Boris había tomado una cantidad de recuerdos y los había juntado formando algo nuevo pero a la vez familiar.

Tal vez porque entraba un poco de brisa fría por la hendija de la ventana —estaba siendo un verano muy especial: la temperatura subía poco y bajaba violentamente, haciendo que las noches fueran casi invernales; además llovía todos los días, aunque no fuera más que por un minuto—, Boris soñaba con un día gris, helado, con mucho viento y muchísima lluvia. Caminaba envuelto en una gabardina empapada y llevaba sombrero —algo muy raro en él—. No estaba seguro de si debía comprar algo, o encontrarse con alguien; tenía esa rara sensación de que no debía olvidar algo que ya no podía recordar, y eso lo hacía sentirse frustrado y desanimado. Quizás por eso su mente se apartó un momento de la calle y lo transportó hacia una vaga réplica de su oficina. En esta versión los dos escritorios se ubicaban uno junto al otro, y uno de ellos era, además, extremadamente pequeño. Frente a él estaba sentado un pequeño animal de pelaje oscuro y denso: por momentos parecía un felino, un conejo, o incluso un jabalí. En este punto las imágenes se mezclan: una voz le habla, y eso que dice es tan potente, tan claro, que transforma todo su mundo, pero no puede retenerlo y todo se deshace una vez dicho.

Estaba otra vez en la calle. El viento se había hecho más fuerte y tenía que sujetar el sombrero para no perderlo. Caminaba con la cabeza gacha trepando por la pendiente. No había demasiados animales en la calle. Miraba con atención que a unos cien o doscientos metros más adelante caían algunos rayos de sol. Los animales que venían de ese lugar parecían menos vulnerables al viento. La lluvia se detuvo de un momento a otro sin que esto a Boris le pareciera extraño. Su mente había modificado un poco el escenario: ahora veía por doquier marquesinas de cines y teatros; todavía hacía frío. Chocó contra alguien y se detuvo. Fue un choque inesperado que lo acercó a la vigilia; tuvo la sensación de que chocaba contra un sonido. En el sueño esto se manifestó en la figura de un alce alto, grande y con una capa negra, que sostenía algo en su pata. La figura se fue sin mirarlo pero luego se detuvo y Boris pudo ver que llevaba una jarra en la pata y lentes con

montura dorada. El alce dijo que iba a volar. Lo dijo desde
lejos. Boris no le prestó atención: miraba una serie de fotos
detrás de un vidrio a un lado de las puertas de un teatro que
tenía cortinas rojas. Abruptamente estaba otra vez caminando
y llovía con fuerza. Esa imagen duró poco: la lluvia y el viento desaparecieron y cuando levantó la cabeza vio que había
un hipopótamo enano en la entrada del teatro señalando un
pequeño pizarrón. Luego vio nuevamente al alce, aunque
ahora no parecía tanto un alce —tenía el pelo completamente negro y se notaba que era suave; también creyó ver como
los cuernos iban transformándose en orejas—. Agitaba otra
vez la capa y repetía: "Hay que volar, claro". Boris se sintió
molesto, confuso, sacudido por algo. El pizarrón que señalaba
el hipopótamo estaba escrito con tiza. Decía "Ayer" y tenía
anotaciones debajo que Boris no alcanzaba a leer. La calle
iba perdiendo consistencia, haciéndose borrosa, alejándose.
Podía ver cada vez menos, únicamente las cosas que estaban
muy cerca. Volvía a llover y el viento soplaba con violencia.
Boris giró en la cama; estaba transpirando. En el sueño chocaba nuevamente contra algo; un algo que ahora resultaba
peligroso. "Hay que volar, claro" repetía una voz familiar, y
luego preguntaba: "¿o volar no se puede?" Boris se inclinó
para leer el pizarrón. Las palabras estaban borrosas. La calle
se agitaba como en oleadas. Oleadas que lo sacudían y lo
forzaban a una especie de remolino. En la mente de Boris
la pregunta comenzó a reverberar. A cada ida y venida iba
tomando consistencia, haciéndose más hueca, grave, hiriente.
Siguió intentando leer el cartel. Todo era borroso. Todo se
sacudía. Adivinó un nombre y dos fechas debajo. Estiró la pata
para sostenerse. Cayó de costado. Abrió los ojos. El recuerdo
del sueño se desvaneció en ese mismo instante.

Boris permaneció inmóvil unos segundos, tal vez menos, sintiendo que era algo más que él mismo y a la vez nada. Luego la cortina que estaba a la cabecera de la cama bailó sobre su cabeza y por reflejo atinó a darle un tirón para apartarla. La cortina se deslizó rápidamente en el riel y una parte escapó por el hueco de la ventana. Boris largó un bufido y se incorporó despacio. No se levantó inmediatamente; el piso todavía le llegaba borroso. Esperó sentado un momento y antes de pararse miró por sobre el hombro hacia el otro lado de la cama con algo de ansiedad y excitación. No, esta vez no había nadie más en ella.

Un sonido tintineante pareció llegar desde la cocina; un sonido que le devolvió un retazo del sueño. Débilmente escuchó una voz en su cabeza que hacía un comentario sarcástico sobre la capacidad de algunos animales de meterse en los sueños. No pudo entender bien qué estaba queriendo decirse. De cualquier manera le pareció que era una especie de llamado de atención, tímido, muy tímido, pero llamado de atención al fin. Sin hacer ruido abrió el cajón de la mesa de luz y sacó su Beretta. Recogió la bata que descansaba en el sillón junto a la cama y se la puso. Metió la pistola en el bolsillo y caminó hacia la puerta cuidándose de no hacer ruido. No la abrió del todo; sólo lo suficiente como para poder pasar. El pasillo estaba en penumbras. Era temprano todavía.

Atravesó el living examinándolo, atento a cualquier indicio: huellas, olores, cualquier cosa que estuviera fuera de lugar. No encontró nada. El sonido tintineante reapareció pero esta vez sintió que venía de un lugar más lejano, fuera de su casa. De cualquiera manera siguió caminando despacio y sin hacer ruido. La puerta de la cocina estaba entreabierta. La empujó con suavidad. Dio un vistazo. No había nadie y, sin embargo, un paquete de café descansaba sobre la mesada. Sacó la pistola de su bolsillo y entró con cuidado, revisando el lugar. Dio dos pasos dentro de la cocina, todavía sin ver a nadie. Intentó recordar si había sido él quien había dejado ese paquete de café ahí. Siguió avanzando ya casi convencido, aunque no pudiera recordarlo, de que había sido él.

—Hola, espero no haberte despertado.

—No, Vincent. Sabía que eras tú —dijo Boris, después de unos segundos y todavía dándole la espalda.

—Sí, siempre lo sabes —Vincent hizo una pausa y empujó la puerta de la cocina que lo ocultaba parcialmente—. Que aparezcas con un arma es lo novedoso.

Boris sintió una pequeña descarga de adrenalina pero no le pareció que el comentario tuviera segundas intenciones. Se limitó a decir que sí, secamente, luego dejó la pistola sobre la mesa y apartó una silla para sentarse.

—Hice café, ¿quieres un poco?

—Sí, está bien.

Vincent estaba recostado en la pared, al costado de un armario, a espaldas de Boris. Llevaba una taza en su pata. Todavía vestía su oscuro abrigo y no se había quitado el sombrero.

—Negro, ¿verdad?

Boris volvió a cerrar la bata, que el peso de la panza había estirado, y se pasó una pata por el pelo acomodándolo un poco

—Sí. Sin azúcar.

Vincent sirvió una taza generosamente y se la ofreció. Luego acercó una silla, se quitó el sombrero y lo apoyó ahí. Boris lo observó por unos minutos antes de beber un buen sorbo. El lince usaba el sombrero todo el tiempo y siempre de una manera en que hacía muy difícil verle el rostro. Sin él resultaba un animal diferente. Más joven, menos impactante y, por el dibujo que hacían los listones oscuros a lo largo de los ojos, hasta casi femenino. Sólo la mirada, profunda e hipnótica, que sabía manejar con destreza, y el filo de los colmillos, que se adivinaban tras el hocico, parecían propios de la imagen que se tenía de él.

—Las cosas se movieron un poco ayer —dijo.

Eso y la frialdad profesional: no había sido extremadamente cordial al ofrecer café, o al pedir disculpas por la intromisión, pero ahora su voz se había despojado de cualquier adorno o elegancia por mínima que fuera. Boris recordó una frase que había dicho Dick el bullterrier, algún tiempo atrás cuando lo escuchó alabar al lince: "Este chico no es un verdadero profesional. Es sólo un cachorro majadero que se tomó muy en serio el juego de los espías". Boris la repasó por un momento pero enseguida se dio cuenta de que era una estupidez: Vincent y él habían trabajado juntos en muchas oportunidades y se conocían muy bien. Sabían qué era lo que el otro necesitaba. No se trataba de endulzarse mutuamente los oídos sino de compartir la información que de seguro iban a necesitar:

—Te escucho —dijo.

Vincent contó lo sucedido siguiendo esa lógica. Habló de las visitas inesperadas, de los flashes que se veían por las ventanas del apartamento, de los tres tipos en el Lincoln, del juego de señas, y de un apartamento en Ventura donde habían ido a refugiarse la cerda y el chimpancé; y en ese momento se detuvo y entrecerró los ojos buscando un nombre en la memoria.

—Ya sé quien vive ahí —interrumpió Boris.

—Un tal Alex. Un sabueso —agregó, de cualquier manera, Vincent.

—Sí, un tal Alex —repitió Boris.

Después respiró profundamente y apartó la silla para pararse. Tanteó los bolsillos de la bata, miró en derredor, y estaba a punto de girar rumbo al living cuando Vincent arrojó una caja delgada de cinco puros sobre la mesa junto con una más pequeña de fósforos.

—Estaban en la mesa del teléfono —dijo.

Boris sonrió de costado y largó un solo je. A pesar de que lo intentó, no pudo evitar que el gesto lo desacomodara. Se tomó bastante tiempo para encender el puro.

—Escucha —dijo, señalando al lince con la punta encendida—. Sabemos que el sapo se metió en algo sucio, y si está el sabueso detrás de seguro es algo grande —hizo una pausa rascándose el hocico—. Hasta ahora tenemos unas fotos. Podría ser un simple chantaje. Unas fotos de la chancha con el collar podrían perjudicar al juez, o al mismo Wilkinson. Ese caso aún está abierto y no creo que al viejo le haga mucha gracia que ese tipo de material caiga en patas de la policía —agregó, y desplazó su pata del hocico al colmillo y comenzó frotarlo como si quisiera desprender alguna suciedad o algo que se hubiese adherido—. La cosa es que nadie manda toda esa comitiva a esperar por un rollo.

Vincent lo miraba en silencio.

—Sin duda hay algo más —dijo, para terminar.

Vincent asintió:

—¿Qué quieres que haga?

—¿Qué quiero que hagas? —repitió, también esta vez Boris para darse tiempo; se sentía incomodado por un pensamiento que había aparecido al ver la pistola sobre la mesa—. Quiero que detengas lo que sea que esté sucediendo —dijo, finalmente, mirando a Vincent a los ojos—. Pero antes, quiero saber cuál es el plan, y quién está, verdaderamente, detrás de todo esto.

Vincent asintió:

—Muy bien, entonces —dijo, y estiró la pata para recoger el sombrero—. Nos vemos, Boris.

Boris respondió que sí, y alzó una pata sin mirarlo. Vincent ya salía por la puerta de la cocina cuando Boris lo llamó.

—Otra cosa: Alex no es mucho problema, pero conoce a algunos animales que pueden ser un poco más duros de lo que estás acostumbrado. Así que —hizo una guiñada—, cuidado.

Boris se dio cuenta, ni bien terminó de hablar, de la tremenda estupidez de su comentario; y aún peor, de que por alguna razón su tono se había cargado de un paternalismo que torpemente había intentado disimular. La respuesta de Vincent, en cambio, fue totalmente neutra:

—Puede que su círculo de amistades sea un poco menor ahora.

Boris quedó mirando como la puerta de la cocina retrocedía lentamente hasta cerrarse; escuchó el clic débil de la cerradura, y luego, apenas más tarde, el silencio. El recuerdo del sueño lo tomó por sorpresa: la segunda línea del pizarrón seguía siendo borrosa, pero ahora podía leer un nombre: "Jack", y repetir una pregunta: "¿o volar no se puede?". Boris largó una exhalación corta que pretendía pasar por risa y se llevó la taza al hocico.

George se despertó sobresaltado y maldiciendo; había tenido otra vez el sueño de la autopista pero no era eso lo que le preocupaba. Se enderezó y miró en todas direcciones. Buscaba su pantalón y, quizás por el nerviosismo, no lo veía.

—Mierda —dijo.

Saltó de la cama y fue hacia una silla que estaba cubierta por sábanas. Las levantó y las arrojó sobre la cama; no estaba ahí. Comenzaba a transpirar y a desesperarse. Giró. Volvió a mirar en todas direcciones. Todavía estaba algo atontado por el sueño, por lo que no podía pensar ni buscar demasiado bien. Encontró su gabardina tirada en el piso. La levantó. No había nada debajo. Volvió a la cama. Ahora quitó las sábanas. Seguía sin encontrarlo.

—Dios —dijo, la voz le temblaba—. Mierda.

Otra vez miraba en derredor. Fue hasta el baño. No estaba a la vista. Corrió la cortina con violencia arrancando algunas argollas. Dio la vuelta. Al salir se tropezó con una toalla. La pateó furioso. Una vez más con las sábanas: las levantó del piso y las separó. No estaba ahí: las arrojó sobre la cama. También levantó la gabardina y la arrojó sobre la cama. Fue al living. Miró detrás de los sillones, a los lados de la biblioteca, detrás de las cortinas. Volvió al cuarto. Fue hacia la mesa de luz. El pantalón estaba debajo, arrugado, hecho un ovillo. Lo levantó y se sentó en la cama. Metió la pata en el bolsillo. Sacó el collar. Levantó la cabeza, miró al cielo y cerró los ojos.

—Mierda —dijo, como si fuera una especie de agradecimiento.

VI

George conducía su Chrysler por Ocean Boulevard. Ya era casi mediodía de un sábado soleado y tremendamente caluroso. El verano se había tomado su tiempo pero aparecía al fin con toda su intensidad: el sol quemaba, ya no había brisa siquiera y, tras tanta lluvia, la humedad ascendía como una cortina sofocante. Era un día realmente difícil para estar en la calle y George lo complicaba aún más llevando su gabardina puesta. No había podido dejar el apartamento sin ella. Se había dicho que el tiempo era inestable y que podría servir para ocultar el bulto que hacía el collar en el bolsillo del pantalón pero la realidad era que sin ella se sentía demasiado expuesto, demasiado vulnerable, casi desnudo. A pesar de que llevaba las dos ventanillas bajas habían bastado diez minutos para que empapara la camisa. El sudor le provocaba además un escozor en los ojos que no alcanzaba a quitarse de encima; ni con la pata, ni con el pañuelo. Tampoco conseguía quitarse totalmente de encima la intranquilidad que lo había atacado esa mañana. No tenía siquiera pañuelo que sirviera para eso.

No estaba conduciendo demasiado aprisa, aunque deseaba llegar lo más pronto posible, porque tenía miedo de que apresurarse lo llevara a cometer errores; aun así estaba yendo a devolver el collar con dos días de anticipación. Un semáforo en rojo lo detuvo frente a una gran tienda de ropa adornada con celestes, amarillos, y rosados. Le pareció que tendría tiempo suficiente como para quitarse la gabardina, pero enseguida se dio cuenta de que había calculó mal: la luz regresaba al verde y aún le faltaba la manga izquierda. Decidió que era mejor estacionar. Encontró un lugar detrás de un viejo Ford negro. Frenó, se quitó la gabardina sin apagar el auto y la tiró en el asiento del acompañante. Luego volvió la palanca a drive y estaba listo para pisar el acelerador cuando se le ocurrió que podía meterse en una de esas heladerías que había en el boulevard y beber un jugo, o quizás incluso leer el diario; relajarse un poco antes de pasar por la estación. Y ese pensamiento lo excitó. Tenía algo de desafío, algo de postergación, algo que lo provocaba. Así que apagó el motor, subió la ventanilla, recogió la gabardina y bajó del auto. El Ford negro tras el que había estacionado absorbía el calor y lo amplificaba. George se apuró a alejarse, caminando con las patas superiores separadas del cuerpo para que el aire, el poco aire que había, le corriera por los sobacos.

Se metió en un local que prometía "helados artesanales y jugos exquisitos".

El local era bastante pequeño y angosto. Tenía un toldo a rayas rojas y blancas, y un enorme ventilador adosado a la pared. Había un par de mesas largas al lado del ventanal y otro par, aunque más pequeñas, hacia el fondo. Frente a la barra no había ninguna; no había espacio suficiente. Detrás de ella estaba un koala secando un vaso, y una ardilla bastante joven que miró al sapo con una expresión que se parecía mucho a la del asco. No había más clientes. George se sentó en uno de los taburetes fijos frente a la barra y apoyó la gabardina en su regazo. Entrecruzó los dedos de ambas patas, con alguna dificultad debido a las membranas, y se puso a mirar hacia fuera. Pensó que además del ventilador debían de tener algún aparato de aire acondicionado porque se estaba realmente bien ahí adentro. Miró la barra y luego también hacia las mesas del fondo buscando un diario, pero no había ninguno. Se dijo que podría caminar hasta la esquina y comprar uno, pero no tenía ningún deseo de salir. George sentía, había sentido desde el momento en que entró, una especie de alegría, vaga y ligera, que le resultaba familiar pero distante; un tipo de alegría simple y despreocupada que le recordaba a la que había sentido en su infancia cuando buscaban resguardo para los primeros soles del verano. No, no iba a salir; se estaba bien ahí adentro.

Lukas levantó el teléfono y dijo su nombre. La información que llegó desde el otro lado le hizo poner una expresión de contrariedad que fue transformándose en enojo. Escuchó sin decir palabra, mirando disimuladamente hacia la sala donde Alex y

Maxwell conversaban, y tras cortar regresó inmediatamente al sillón que había estado ocupando.

Estaban en el club, en la misma sala donde se habían reunido la última vez, y sentados en los mismos lugares. La conversación no estaba muy animada: Maxwell contaba algo sobre la vida en prisión y Alex fingía interesarse. Era el típico intercambio de historias sin importancia y comentarios casuales que solía preceder a las negociaciones. Alex estaba además algo distraído, mirando de reojo al doberman, porque había notado su reacción al teléfono y quería saber qué era lo que estaba pasando. Si no le había preguntado era porque temía que pudiera ser algo relacionado con el murciélago. De cualquier manera la curiosidad lo venció y en un momento, fingiendo acercarse a la mesa para tomar su vaso, le hizo un gesto casi imperceptible al doberman. El gesto parecía querer decir: ¿qué pasó? o algo por el estilo. Lukas, a pesar de que se mostraba muy concentrado en cuidar que su pantalón no se arrugara y perdiera la línea, lo entendió claramente. Le respondió con otro gesto que parecía querer decir: mucho.

—¿Van a contarme, entonces, o prefieren seguir jugando a los mimos? —la voz de Maxwell los sorprendió.

Lukas lanzó una carcajada que intentaba ser casual. Estuvo lejos de lograrlo. Alex lo miró con recelo y luego al murciélago.

—Pequeños contratiempos con un par de bailarinas —dijo Lukas, todavía forzando una sonrisa—: ¿Te importa si hablo con mi socio un minuto?

Maxwell ocupaba otra vez el sofá. Estaba sentado justo en el centro, con las alas extendidas, y las garras calzadas detrás de los almohadones del respaldo. Estaba descalzo y llevaba pantalones de cuero y una enorme y extraña camisa roja. Por alguna razón, llevaba también, puesto el parche sobre el ojo muerto.

—A decir verdad, sí. Me importa y me molestan estos secretitos y las demoras. Pero —hizo un gesto con el ala derecha—, no me hagan caso. Debe ser que soy algo impaciente, y que me gusta recibir algo a cambio de mi dinero.

Las últimas palabras habían sonado con violencia. Antes de salir Alex le hizo notar que no habían causado efecto.

—¿Qué pasó?

Habían ido hasta el pasillo para hablar tranquilos.

—Parece que el sapo también quiere acelerar las cosas: salió con el collar.

—¿Estás seguro de eso? —preguntó Alex.

—Sí, registraron el apartamento. Ahora está en el centro, desayunando.

Alex entrecerró los ojos y se llevó una pata al hocico.

—¿Te parece que lo va a devolver hoy? —preguntó Lukas.

Alex deslizaba la pata por el hocico:

—No lo sé. No creo que intente nada arriesgado. De cual...

—Estoy harto de ese sapo. No veo por qué no podemos sacarlo del medio y terminar con esto nosotros.

Alex lo miró incrédulo:

—¿Qué?

—Sí. Ya sabes. Sacárnoslo de encima y ocuparnos nosotros del collar.

—¿Sí? ¿Y quién se va a encargar de devolver el collar al depósito? ¿Quién se va a encargar de explicarle al guardia cómo es que se hizo con un collar de perlas que era evidencia judicial, y mágicamente lo transformó en una baratija de cuentas de plástico?

Lukas tardó algunos segundos en reponerse. Abrió la boca y tomó aire un par de veces pero Alex lo cortó.

—Escucha, no hay tiempo para esto —dijo—. No creo que el sapo haga nada estúpido —la voz regresaba a su tono normal—, pero no quiero correr ningún riesgo. ¿Qué hay de Richard? ¿Paul pudo convencerlo?

Lukas demoró bastante en contestar; estaba molesto.

—Sí, pero dijo que va a hacer falta mucho dinero para hacerlo regresar.

—Hijo de perra —dijo, y quedó mirando al piso, pensativo.

Lukas comenzó a balbucear una respuesta pero Alex volvió a cortarlo:

—Creo… que va a ser mejor que salga a asegurarme de que las cosas se hagan bien —dijo y señaló hacia la sala con la cabeza—. ¿Lo mantienes entretenido mientras estoy fuera?

La respuesta demoró. El tono fue torpemente sarcástico.

—Claro, señor. Lo que usted quiera.

Alex torció la cabeza y lo observó con el ceño fruncido y los ojos entrecerrados. El doberman no cambió la expresión ni la mirada. Alex le habló con lentitud:

—Como te dije, no es el momento, pero voy a intentar hacerme un espacio para que podamos hablar de esto o de cualquier otra cosa que te esté molestando.

Lukas no dijo nada, siguió mirándolo fría y despectivamente, tal como lo había estado haciendo. Alex giró y caminó hacia la puerta.

El koala se pasó un buen rato secando vasos: tenía un cenicero detrás de la barra en el cual apoyaba el cigarrillo y a cada momento interrumpía su trabajo para dar una pitada y contemplar la nada antes de continuar. Secar cada vaso le debió haber tomado unos buenos veinte minutos. George se escuchó decirse

que era un koala tan gordo y tan perezoso como el resto de los
de su especie; y enseguida se sorprendió intentando buscar una
explicación para la pereza de estos animales. En realidad no
conocía a tantos como para pensar que todos fueran perezosos,
pero recordaba a un compañero que había tenido —por poco
tiempo; consiguió traslado a narcóticos—, y que había sido, en
todas sus actitudes, una réplica exacta de éste que veía ahora.
Incluso físicamente se parecían: las grandes bolsas bajos los
ojos, un botón en lugar de nariz, y las orejas que parecían esas
fundas peludas que algunas hembras ponían en las tapas de los
inodoros. Por un momento pensó que quizás pudiera ser culpa
del clima y del excesivo pelaje, pero también recordaba a un San
Bernardo que llevaba apuestas clandestinas en la playa y que
era bastante activo y atlético. George desvió la vista porque el
koala se había dado cuenta de que lo estaba mirando. No por
eso dejó de pensar en el tema. Cuando bebió lo que quedaba
en el vaso se dio cuenta de que se sentía bastante lleno. Ese
era su segundo vaso de un jugo que por la consistencia parecía
más bien un licuado, ¡y además había comido tres croissants!
George comenzó a preocuparse por la posibilidad de tener
que usar el baño. En realidad la sensación era vaga, muy lejos
de la inminencia, pero temía que pudiera transformarse en
algo urgente de un momento a otro, y había pocas cosas que
lo desesperaran tanto como tener que defecar en otro lugar
que no fuera su apartamento. Era realmente un problema,
una especie de fobia, que le hacía temblar ante el más mínimo
indicio de movimientos en su vientre. No contaba, además, con
demasiados recursos para lidiar con ello. En general se pedía
paciencia y trataba de convencerse de que no era nada; de que
podría aguantar tranquilamente todo el tiempo que fuera necesario. Pero eso no hacía más que empeorar las cosas porque

ponía tanta atención y pensaba tanto en eso que la mayoría
de las veces sobredimensionaba las sensaciones corporales y
terminaba obsesionado y convencido de que esa vez no se iba
a poder aguantar.

George se paró del taburete y metió la pata en el bolsillo
para buscar el dinero; se topó con el collar. Lo apartó y sacó
un fajo fino de billetes. Calculó mentalmente lo que debía y
lo dejó sobre el mostrador, esperando ansioso la mirada de
aprobación del koala. Guardó el resto y caminó hacia la puerta.
Al cruzarla sintió el impacto agobiante y húmedo del calor; la
camisa volvió a empaparse en cuestión de segundos. También
sintió que la pesadez aumentaba el tímido deseo de ir al baño.
Caminó hasta el auto, aireando nuevamente los sobacos, y
se metió en él. El asiento y el volante estaban hirviendo. La
palanca para bajar la ventanilla también. Se protegió la pata
con la gabardina y la bajó con cuidado. Encendió el motor,
movió la palanca a drive pero no llegó a acelerar. No podía
decidir qué iba hacer, si conducir rápidamente hasta la central
para deshacerse del collar lo más pronto posible, o regresar a
su apartamento y ocuparse, primero y con toda tranquilidad
de sus necesidades y, luego, más aliviado, y quizás incluso después de una ducha, llevar el collar. Le llevó casi diez minutos
decidirse por la primera opción: pensó que todo se sentiría
mucho mejor después de haberse deshecho del collar.

VII

—Bueno, ¿y ahora qué? ¿Se va o no? —la voz de Mulligan el
wolfhound irlandés reflejaba la incomodidad, el calor y el hastío
que sentía en ese momento.

Estaba sentado en la punta del asiento trasero y se rascaba
un mechón de pelos manchados que le crecían debajo del

hocico. Michael el fox terrier dejó de sacudir la pata y de morderse las garras, apenas por unos segundos, para mirarlo por el retrovisor. Los ojos del wolfhound estaban en otra parte pero alzó igual los hombros, como para avisarle que tampoco entendía lo que estaba pasando, y regresó la vista al Chrysler que tenían delante, y a sus movimientos nerviosos. Mulligan resopló largamente y volvió a tirarse hacia atrás para buscar acomodo pero era imposible: hacía mucho calor, mucho tiempo que esperaban, y él era muy grande y tenía muy poca paciencia. Además la remera se le había empapado y eso hacía que se pegara al cuero del tapizado.

—Sapo imbécil —dijo.

Michael sonrió, apenas, pero enseguida sintió como la furia cambiaba de destino.

—¿Podrías dejar de sacudir el auto, por favor? —la voz del wolfhound sonó en su oreja como si proviniera de un lugar en el que se funden cadenas y anclas.

Michael tomó aire automáticamente para responder, pero logró controlarse y no decir nada. Le molestaba que le señalaran su nerviosismo, que hicieran comentarios sarcásticos sobre él, o que aprovecharan para usarlo en su contra. Era joven, muy joven, y quizás ya uno de los mejores; y era puntual, callado, servicial, y además vestía bien —siempre tenía la camisa y el pantalón recién planchados—, e incluso tenía un buen corte de pelo y lo mantenía impecable —algo que, siendo un fox terrier de pelo alambre, era bastante difícil—; que tuviera, a veces, un poco de dificultad para controlar la ansiedad, era sólo un detalle, no veía la necesidad de estárselo recordando todo el tiempo. Mucho menos si quien se encargaba de recordárselo era un perro como ese wolfhound: sucio, malhablado, y que vestía como lo hacen los matones del puerto, con esas remeras ajustadas y jeans manchados, gruesos y viejos. ¡Y que además era incapaz de controlarse! Un golpe en la ventanilla lo distrajo: Paul el bulldog estaba parado junto a la puerta del acompañante con un vaso de café en cada pata.

—¿Parece que se mueve, al fin? —preguntó, acomodándose en el asiento.

—Nah, es un sapo imbécil —respondió Mulligan, y enseguida advirtió que el bulldog le pasaba uno de los vasos al fox terrier—. ¡Eh! No le des café al chico.

Paul sonrió y estiró la pata para cerrar la puerta que había quedado abierta:

—Tranquilo —dijo—, es descafeinado.

El fox terrier frunció el hocico y acercó el vaso para olerlo con desconfianza.

—Más vale que lo sea —murmuró Mulligan.

Paul quitó la tapa de su vaso y la dejó sobre la guantera. Luego bebió un sorbo estirando un poco la cabeza hacia delante y sin dejar de observar a través del parabrisas. Era un bulldog elegante y atlético, que se las arreglaba para combinar los trajes a rayas con su rara piel a pintitas negras, y para usar chaleco —en lugar de saco— y un reloj con cadena, sin que eso pareciera ridículo.

—No sé cómo pueden tomar café con este día —dijo Mulligan.

—En realidad, no podemos —dijo, y le dio un golpecito al fox terrier—. Vamos, se está moviendo.

Michael arrojó el vaso por la ventana apretando los dientes: no había tenido tiempo siquiera de probarlo.

El Chrysler del sapo se movía de forma errática: con mucha lentitud por momentos, y luego, de repente, a gran velocidad; o tras ir conduciendo sobre la derecha se pasaba al carril izquierdo, como si fuera a doblar, pero luego torcía bruscamente hacia el carril central, o regresaba a la derecha y desaceleraba.

Mulligan se había sorprendido en las dos primeras oportunidades y había largado un par de: "¿Qué diablos?"; ahora, y después de haber presenciado una larga serie de maniobras incomprensibles, terminaba por convencerse de que el sapo los había visto:

—Mierda —dijo, mirando al bulldog—. ¿No pudiste encontrar a alguien mejor?

Michael giró la cabeza molesto, listo para contestar, pero el bulldog lo detuvo con un gesto y le señaló el Chrysler advirtiéndole que no lo perdiera de vista.

—Por favor, no empieces —dijo Paul—. El chico es bueno. No sé qué le pasa al sapo, pero estoy seguro de que no tiene nada que ver con nosotros.

Michael aceleró bruscamente en ese momento porque el semáforo de la intersección con Pacific Drive había cambiado al amarillo y parecía que el sapo iba a doblar dejándolos atrás. No fue así. Inesperadamente el sapo clavó los frenos y Michael se vio en una situación bastante complicada: si frenaba iba a quedar al costado del Chrysler corriendo el riesgo de que el sapo sospechara algo; si seguía de largo el peligro era perderlo de vista. Empezó a frenar, dando golpes al pedal —para evitar que las ruedas se bloquearan y que el ruido llamara demasiado la atención—, y a mirar en todos direcciones buscando una salida. La encontró a la izquierda, al otro lado de la calle, donde se abría un callejón. No tuvo tiempo de pensarlo; no tenía mucha distancia para frenar. Giró el volante con apenas el espacio suficiente para pasar entre dos autos. Dejó que el Oldsmobile que conducía se deslizara unos metros y lo acomodó con unos pocos golpes de acelerador para entrar en el callejón. Enseguida aprovechó las rampas de las entradas y salidas de un parking para dar un giro en U bastante violento, que levantó polvo y puso a volar algunos diarios viejos, y aceleró nuevamente para entrar en Ocean Boulevard. La sorpresa lo sacudió unos metros antes de llegar a la intersección: el semáforo seguía en rojo pero el sapo no estaba.

—¡Mierda! —ladró Mulligan, golpeando el asiento y pateando el piso.

Paul empujó la mandíbula hacia delante. Michael aceleró aún más. El semáforo cambiaba. Llegaron a la intersección, doblaron. El Chrysler del sapo estaba a unos cincuenta metros. Avanzaba, otra vez, lentamente. Michael se acercó lo necesario y dejó que un auto se interpusiera entre ellos. Todos quedaron en silencio y expectantes.

—Escucha —dijo el wolfhound otra vez casi dentro de la oreja del fox terrirer—. Hace mucho calor y pierdo la paciencia con facilidad. Sólo haz bien tu trabajo, ¿ok?

El fox terrier sacudió, afirmativamente, la cabeza.

VIII

Boris estaba en su oficina, reclinado en el sillón, con un par de patas detrás de la nuca y otro par apoyado sobre el escritorio. Estaba casi en penumbras, jugando con un puro apagado en el hocico, y deslizando la vista lenta y minuciosamente por cada mínimo detalle del lugar.

Su oficina no era lo que pudiera decirse cómoda. Tampoco era lo que pudiera decirse moderna. Frente a él estaba el otro escritorio, que más temprano había cubierto de plantas y empujado contra una pared, y delante un juego de sillones bajos de cuero negro y de una pequeña mesa ovalada. Había, también, un par de ficheros grises de metal, una repisa con algunos papeles, y un pequeño armario casi inaccesible. No podía ser una oficina cómoda con tantos muebles en tan poco espacio, y no podía ser una oficina moderna tratándose de un antiguo laboratorio que a Boris jamás le había interesado remodelar. Las paredes todavía conservaban los azulejos —algunos quebrados, la mayoría amarillos— y la pésima iluminación producido por esas altísimas y oscuras claraboyas que filtraban demasiado la luz del sol.

Pero no era la luz, ni los azulejos, ni los muebles, ni el estado de la oficina lo que cautivaba la atención del jabalí. El hecho de que observara con tanta atención cada detalle no era más que el reflejo de una búsqueda interior. Boris había sentido que algo que no lograba terminar de identificar había cruzado por su mente; algo que interpretó como una intuición y que podía resultarle muy útil, darle una ventaja. Y se había lanzado en su búsqueda, acechándolo en la mente, y deslizando los ojos por la oficina, con la esperanza de que el disparador de ese algo estuviera ahí afuera, en alguna parte. Pero no pudo encontrarlo. Lo que sí encontró fue un reloj. Un reloj redondo y blanco con dos agujas negras y una roja ubicado por sobre la repisa y los ficheros, justo donde terminaban los azulejos. Y verlo lo hizo reaccionar, y ese movimiento le arrancó un quejido: un severo calambre surgía desde algún lugar entre las paletas y trepaba hasta la nuca; un calambre tan intenso que el dolor casi lograba inmovilizarlo.

Boris levantó las patas del escritorio, muy despacio y con mucho cuidado; y con ese mismo cuidado volcó el torso hacia delante para llevar el hocico al pecho. Estaba sorprendido:

hacía muchísimo tiempo que no tenía uno de esos calambres, y había pensado que ya no iban a volver. Llevó una pata a la oreja, para hacer presión sobre ciertos puntos, y luego se masajeó el lomo. El dolor disminuyó lo suficiente como para que pudiera levantar la cabeza y asegurarse que había leído bien; que no se había equivocado. No, no lo había hecho: había pasado una hora y cuarenta y cinco minutos reclinado en su sillón persiguiendo un pensamiento fugaz, incompleto. Y entonces, como si una parte de sí mismo no se resignara a desperdiciar todo eso tiempo en vano, esa idea que había llamado intuición reapareció con toda claridad: Jack.

Boris se paró y dio un par de pasos, pensativo. ¿Podía tratarse de algo creado por el conejo? Después de todo ese gran sin sentido de perros y perlas y policías no sólo parecía algo que él podría haber urdido, sino que incluso parecía tener su sello. A Jack le encantaba generar esos grandes absurdos que desarmaban cualquier lógica, cualquier forma de abordaje. Adoraba los planes complejos en los que bastaba mover la primera pieza para que todo el mecanismo cobrara vida propia. Era complejo sí, pero para que pareciera un plan creado por el conejo faltaba algo. Boris recordó lo que Dick el bullterrier solía decir: "Jack es demasiado talentoso para su propio bien". Y fue esa frase la que lo sacudió un poco, y la que le hizo reparar en todos los cabos sueltos y torpezas de principiante que había en el medio. Pero además había algo fundamental que no podía pasar por alto: Jack hubiera ido a verlo directamente. Sí, hubiera aparecido de la nada una noche con su sable en las patas, y hubiera hecho algún comentario al mismo tiempo gracioso y perturbador, usando ese extraño sentido del humor que a Boris le generaba una incomodidad casi paranoica. Un humor que nunca llegó a comprender y siempre temió.

Boris volvió a mirar el escritorio que había empujado contra la pared y por primera vez se dio cuenta de que nunca más iba a ser ocupado por alguien; de que el enigma de ese humor iba a permanecer para siempre así. Se masajeó un poco más el cuello y entonces recordó que el dolor no había aparecido de la nada, sino que había comenzado como una tímida molestia a la que había preferido no prestarle atención. «Ahora es tarde», pensó.

George se detuvo en la escalera y tensó los músculos. Intentaba detener uno de los tantos retortijones que lo habían estado atormentando desde que dejó la tienda. Eran fuertes e inesperados y no siempre podía controlarlos de la misma forma. Tensó los músculos y cuando sintió que lo peor había pasado los aflojó un poco —con mucho cuidado y controlándolos rigurosamente—, y luego dejó que un poco de gas saliera de su cuerpo. Eso era algo que lograba aliviarlo bastante; lo había descubierto mientras conducía, desesperado por la terrible violencia de las puntadas y los espasmos. Fue una flatulencia silenciosa. A George le resultó nauseabundo así que descendió un par de escalones intentando alejarse del olor. Estaba algo más tranquilo pero no demasiado porque podía sentir que todo seguía revolviéndose dentro de su abdomen; que cada vez era más difícil controlarlo; y que los gases le producían cada vez menos alivio. Se dijo que era un estúpido; que tendría que haber pasado por su apartamento, pero no quiso seguir porque reprocharse sólo empeoraba las cosas. Ya un ataque anterior lo había forzado a volver a ponerse bajo el resguardo de la gabardina, literal y simbólicamente. Los restantes peldaños los bajó con cuidado, tratando de no hacer movimientos bruscos y, sobre todo, atento a no dar ningún paso en falso porque al descender del auto había tropezado y eso había sido casi el fin.

El mostrador detrás del enrejado estaba vacío y la puerta del depósito entreabierta. George estaba metiendo ya la pata en el bolsillo y a punto de tocar el timbre cuando se dio cuenta de que había pasado por alto el detalle de los turnos: no recordaba exactamente el horario de Bruce y a él era al único al que podía devolverle la orden. No estaba, tampoco, lo suficientemente tranquilo como para deducirlo. Calculó rápidamente y le pareció que llegaría recién dentro de media hora. Lo peor era que no podía arriesgarse: sólo le iba devolver el collar al búho y si no estaba no podía decir que iba a esperarlo sin despertar sospechas.

George retrocedió un par de pasos y caminó de costado buscando un ángulo que le permitiera ver a través de la abertura de la puerta. Le pareció que la televisión estaba encendida y eso era un buen indicio, porque el búho era un adicto a la televisión. De cualquier manera siguió moviéndose lateralmente y sintiendo, a medida que se alejaba, cada vez más temor de ser descubierto (había otras dos puertas al costado del mostrador y una más en el extremo opuesto de la escalera; también había tres celdas amplias a su espalda, pero estas estaban notoriamente vacías). La última puerta era la que más le preocupaba porque los del laboratorio solían usarla para cortar camino cuando venían a levantar una prueba. Después pensó que también podía salir alguien de la oficina —y ese alguien no ser Bruce— y eso lo hizo sentirse peor. Intentaba apresurarse pero la iluminación no lo ayudaba: era mucho más débil en la oficina a pesar de que en el pasillo sólo había dos bombitas de poco voltaje colgando del techo. Ya se daba por vencido cuando creyó distinguir una túnica frente a la caótica y cambiante penumbra que proyectaba la televisión. Se agachó un poco más porque no podía distinguir bien de quién se trataba. No fue una buena idea. Enseguida se enderezó y tensó los músculos. Una oleada de transpiración helada le sacudió la espalda y le empapó la frente. Estaba seguro de que esta vez no iba a poder contenerse. Además, para empeorar las cosas, escuchó sonidos de pasos y voces. No venían del laboratorio como había temido, venían de la escalera. George comenzó a desesperarse. Giró buscando un lugar en el que esconderse, pero era difícil: no sabía a dónde daban esas puertas que tenía enfrente, las celdas no eran escondite suficiente, y no se iba a meter por la puerta que conducía al depósito y correr el riesgo de que lo viera un guardia, o alguien del laboratorio. Con el rabillo del ojo descubrió un mínimo recodo debajo de la escalera y se pegó a la pared. Sintió que un espasmo violento descendía tirando de sus entrañas y abriendo camino.

Boris caminó hacia el escritorio vacío en el otro extremo de la oficina y lo empujó a un lado casi con desprecio. Una de las macetas cayó al piso y se quebró dejando escapar una montaña de tierra oscura y seca. Boris la miró apenas por un momento sin darle mayor importancia y se acercó al armario que el escritorio había estado bloqueando para tirar de una de las puertas. No consiguió abrirla, parecía trancada; la otra igual. Tiró más fuerte. Tampoco. Las sacudió y volvió a intentar con más fuerza. No se abrieron. Boris se afirmó con las dos patas delanteras y tiró con gran violencia. La madera crujió y una de las puertas se abrió completamente dejando caer la cerradura y parte del enchapado de la madera. La observó sorprendido. No recordaba haber cerrado el armario con llave. No recordaba siquiera que existiera una llave para ese armario. Se acercó para mirar dentro y comprobar qué había. Nada raro: un abrigo largo y oscuro, y su campera de cuero. Boris sonrió al verla. Era una campera negra, vieja, que se ajustaba a la cintura, y que tenía parches de las fuerzas especiales; una campera que no usaba hacía mucho tiempo. Estiró una pata hasta la percha y su mente se llenó con los recuerdos de un entrenamiento riguroso y brutal; de una disciplina casi sádica que ponía la obediencia y el auto control por sobre todas las cosas; de una búsqueda incesante por acceder a un lugar donde la compasión y la culpa perdieran totalmente el sentido. Y luego también recordó la calle. Sus primeros tiempos de civil. Las primeras veces que peleó para sí mismo. El goce de la violencia; el goce de estar ahí afuera; de ser libre.

Descolgó la campera y se la puso. Olía a humedad.

IX

No había sido todo en vano: los animales que bajaron por la escalera fueron directo al mostrador y, por la conversación, George pudo darse cuenta de que había calculado mal los horarios, porque la inconfundible voz del búho fue una de las tres que llegó a sus oídos. No había sido en vano pero había tenido su precio: los retortijones habían terminado por convertirse en algo permanente y al límite de lo soportable.

Los animales ya habían vuelto a subir pero George esperó todavía un poco más en el recodo por las dudas. Después asomó la cabeza lentamente para ver si había alguien detrás del mostrador. No lo había. Pensó que el búho seguramente habría regresado a mirar televisión y se acercó al enrejado. Caminar le costaba. Antes de llamar desajustó la hebilla del cinturón y la calzó en el siguiente agujero. Fue una estupidez: no sólo no lo alivió en absoluto sino que además los pantalones quedaron demasiado flojos y amenazando con caerse. Regresaba el cinturón a su posición anterior cuando Buddy el mandril apareció por la puerta:

—¿Qué hay, viejo? —dijo, guiñando un ojo y con una expresión que parecía querer decir que el sapo le molestaba por su sola presencia, y que le estaba haciendo perder su valioso tiempo.

Buddy tenía un par de tics bastante molestos y un ego de los mil demonios. George quedó inmóvil y con la boca abierta por unos segundos. El mandril apoyó los nudillos sobre el mostrador detrás del enrejado y se puso a mirar hacia la escalera, no porque hubiera alguien ahí, ni porque hubiera escuchado un sonido que le hiciera pensar que alguien bajaba, sino porque simplemente no solía mirar a los animales que consideraba inferiores a la cara.

—¿Qué hay? —dijo George, tratando de recrear el tono impersonal y de fastidio del mandril pero sin exagerar porque siempre había tenido un poco de temor de enfrentarlo.

Lo detestaba. Habían sido amigos en alguna época, mucho tiempo atrás, pero con los años la amistad se había transformado en algo muy parecido al odio. Era raro, muy raro, que el búho y él estuvieran en el depósito al mismo tiempo. Después de los saludos quedaron en silencio: el mandril mirando la escalera, George despreciando cuidadosamente cada uno de los rasgos del mandril y preguntándose cómo un animal así podía ser tan presumido e ir por el mundo proclamando que su trasero enloquecía a las hembras. Pero George sabía, y eso lo molestaba aún más, que en realidad al mandril no le iba tan mal con las hembras; o al menos no tal mal como él hubiera esperado. Tal vez porque lo que él hubiera esperado era algo así como que las hembras sacudieran la cabeza de disgusto e indignación al verlo, o se le rieran en la cara o, mejor aún, ambas.

—¿Y bien?

El silencio se había hecho demasiado largo así que Buddy torció la cabeza y miró al sapo a los ojos por primera vez y con evidente desprecio.

—¿Y Bruce? —repreguntó George.

—No sé. En el teléfono, supongo —alzando los hombros—. ¿Qué hay?

—Quiero hablar con él.

George estaba transpirando y a cada momento tensaba los músculos del abdomen, de las piernas, de la espalda, y daba pasitos en una u otra dirección.

—No sé si puede atenderte —respondió Buddy, y lo quedó mirando; desafiándolo con la mirada.

—Lo espero —dijo George, y se puso a mirar hacia la escalera, como para dar a entender que había dado por terminada la conversación.

Pero el mandril no se movió, con el rabillo del ojo vio que permanecía con las patas en el mostrador y mirándolo con desprecio. George abrió un poco su gabardina para que el revólver se hiciera visible. No quiso levantar la cabeza; prefirió convencerse de que eso había funcionado. El mandril demoró en moverse y al final pareció hacerlo por cansancio y no por otra cosa.

Caminó con lentitud, abrió la puerta y antes de cerrarla dijo:

—Bruce: te busca un imbécil

George pensó que podía aprovechar que había quedado solo para aliviarse un poco, y ya aflojaba lentamente la contracción del esfínter cuando tuvo que dar una violenta marcha atrás y contraerlo nuevamente con todas sus fuerzas. Se dio cuenta de que estaba justo en el límite del punto de no retorno: a partir de ese momento era todo o nada, y él rogaba porque fuera nada. La voz del búho que llegaba desde la oficina lo rescato de un ataque de desesperación. Metió la pata en el bolsillo listo para sacar el collar, pero el búho no aparecía. No sabía de qué demonios podían estar hablando pero demoraba demasiado. Se imaginó que el mandril lo estaría reteniendo por gusto y volvió a odiarlo. Descargó parte de esa rabia en el timbre. La conversación se cortó por un segundo pero enseguida escuchó que búho retomaba, así que le dio otro golpe, esta vez más largo. La puerta se abrió y el búho gritó:

—Ya va —con fastidio.

George se apuró a decirle que estaba apurado, que se tenía que ir. El búho se acercó al mostrador y lo quedó mirando.

—Estoy en un caso, me tengo que ir. Toma —movió la pata dentro del bolsillo de su pantalón, sacó el collar, y lo estiró hacia el búho—, y necesito el papel.

Bruce lo siguió mirando, pero Bruce no era Buddy, así que George sacudió la pata estirada que ofrecía el collar, insistiendo. Bruce se inclinó un poco para tomar una planilla y comenzó a anotar sin mirar al sapo:

—Apurado, ¿eh?

—Sí, mucho —contestó George—. Te dejo el collar y me das la orden, ¿eh?

Bruce torció la cabeza:

—Muy apurado, ¿eh?

George no pudo entender qué pretendía decir el búho con ese comentario. Pero no quería dedicarle ni tiempo ni energías a averiguarlo:

—Por favor —pidió—, me tengo que ir. Estoy muy apurado, realmente. Te dejo el collar y necesito la orden.

Bruce dejó de anotar y lo miró. Entre el nerviosismo, los espasmos, y el fingido celo profesional, la expresión del sapo debía resultar realmente emotiva.

—Bien —dijo el búho, en tono neutro, y se inclinó para buscar algo detrás del mostrador.

Volvió a enderezarse cargando una pequeña caja roja, metálica, que abrió con una llave que llevaba atada al pantalón con una cadena. George no podía ver lo que había dentro pero sí que demoraba. El búho encontró lo que buscaba antes de que a George le diera otro ataque de desesperación. Le acercó el papel pero no se lo dio; comenzó a decir:

—Esta es la última vez que…

—Sí, sí. Gracias —interrumpió George deslizando con una pata el collar de perlas por la abertura mientras intentaba quitarle el papel con la otra—. Gracias.

—…hago este tipo de cosas —finalizó Bruce y miró al sapo que asentía exageradamente.

—Gracias, me tengo que ir —repitió George tirando del papel que el búho todavía sujetaba.

Bruce soltó el papel. George siguió asintiendo, metió el papel en el bolsillo y trepó rápidamente los escalones. Giró para decir:

—Gracias, gracias —y siguió subiendo.

X

George salió del enorme edifico gris a través de la pesada puerta giratoria de la esquina. Caminaba a toda velocidad y con la llave del auto ya en la pata, pero sólo llegó a andar media cuadra antes de que algo lo forzara a detenerse por completo, y a mirar cuidadosamente en derredor. George se topó con su propia inmovilidad y supuso que había olvidado el lugar dónde había estacionado. La realidad parecía ser un poco más compleja porque esa forma de observar —sigilosa, expectante, acechadora— parecía provenir de un lugar mucho más profundo y ser mucho más trascendente; parecía ser, más bien, el tipo de reacción instintiva, de alerta ancestral que había experimentado en la mansión del juez. El Chrysler seguía en el mismo lugar en el que lo había dejado y al verlo recordó con toda nitidez el momento en que lo había estacionado y cómo se había tropezado al salir. Bajó a la calle para a caminar apresuradamente hacia la puerta del conductor, ya alzando la llave y sin notar que un Oldsmobile avanzaba directo hacia él.

El sonido violento de una frenada lo sobresaltó. La llave se le escurrió de las patas. George giró para ver qué estaba pasando y vio que un bulldog blanco a pintitas negras, vestido con mucha clase y con pinta de aristócrata, salía del auto y le enseñaba un revólver. George quedó petrificado, mirando sin entender, sin creer lo que estaba sucediendo. De la otra puerta, salió un fox terrier, bastante joven, que recogió las llaves del piso e intentaba subir al Chrysler. Pero George seguía parado, sin moverse, bloqueándole el paso. El fox terrier le parecía demasiado joven y algo tímido para ladrón de autos ¡y además no podía creer que fueran a robar su auto! Seguía mirándolo con descrédito cuando el bulldog le ordenó que se moviera:

—Vamos —dijo, señalando, con la cabeza primero y luego con el revólver, el asiento del conductor del Oldsmobile.

—¿Estás seguro de que es buena idea dejar que maneje? La pregunta del wolfhoud parecía llevar implícita la idea de que a él no.

La pregunta del wolfhoud parecía llevar implícita la idea de que a él no. Paul lo observó con el rabillo del ojo; estaba sentado de costado para poder controlar mejor al sapo:

—Estoy seguro de que se va a tomar las cosas con calma —dijo.

El wolfhound sonrió y volvió a mirar despreocupadamente por la ventanilla, entrecerrando los ojos debido al viento:

—Mejor que sea así —dijo.

George seguía sin reaccionar. No había dicho una palabra desde que subió. Ni siquiera había mirado a los perros. El bulldog le indicó que doblara a la derecha y tuvo el impulso de señalar la calle y preguntarle para estar seguro pero se contuvo a tiempo. Llegó a la esquina y dobló.

—Bien —dijo el bulldog.

Y George, tal vez por la palabra, tal vez por la forma en que la dijo, se relajó un poco. Inmediatamente sintió que un espasmo se deslizaba a toda velocidad por el intestino, tirando con fuerza hacia abajo, y tuvo que contraerse, y apretar los glúteos con toda su fuerza. El bulldog le dio una nueva orden y el nerviosismo hizo que esta vez George lo mirara antes de obedecer. El vistazo le bastó para confirmar de que no se trataba de un ladrón de autos: parecía un perro educado y con clase. Llegó a la esquina y dobló. Descubrir que el perro que tenía a su lado no era tan terrible le dio confianza para mirar hacia el asiento trasero. No le gustó para nada lo que vio. Al wolfhound tampoco pareció gustarle: se incorporó y le dio un golpe en la cabeza con el dorso de la pata:

—Eh. Conduce —dijo, con voz seca y a buen volumen.

George condujo en silencio unos cuantos minutos, sin que el bulldog le diera ninguna orden: parecía estar buscando una calle o algo así, porque se había enderezado en el asiento, ya casi no le apuntaba, y miraba, concentrado, a través del parabrisas. Verlo así le hizo caer en la cuenta de que no sabía hacia dónde estaban yendo, y de que era mejor que comenzara a preguntárselo. Habían tomado la 37 con rumbo norte, hacía un buen rato, y atravesaban ahora una zona poco habitada cerca de la vieja interestatal; a un par de kilómetros más adelante nacía el desierto. Pensó que seguramente el destino no iba a ser un lugar dentro de la ciudad, y ya imaginaba las posibilidades cuando una puntada terrible lo forzó a contraerse sobre el volante haciendo que accidentalmente presionara más el acelerador. El bulldog torció la cabeza abruptamente:

—Tranquilo —dijo, la expresión en su rostro se había endurecido.

Desde el asiento trasero llegó la risa del wolfhound:

—Ah, está apurado; quiere que se lo demos ya —el tono era sarcástico—. No te preocupes, podemos pasear un rato. No tenemos ningún apuro.

Un escalofrío hizo que George se sacudiera: ¿qué era eso que iban a darle?

—Me parece que va a ser mejor que cambiemos de conductor. Vamos a estacionar ahí —dijo el bulldog, señalando un espacio abierto al costado de una gran construcción de ladrillos que parecía una vieja fábrica abandonada.

Michael volvió a chequear el retrovisor y a encontrarse con el mismo deportivo negro, de vidrios oscuros, a poco más de media cuadra de distancia. Había tomado un par de desvíos tontos y reducido drásticamente la velocidad, sólo para asegurarse, y ya no le quedaban dudas. Resopló y se puso a golpetear con la pata sobre el volante. Luego observó el tablero y dio un golpe más fuerte, ya con la pata cerrada; no le molestaba tanto que lo siguieran, sino que lo hicieran justo cuando le tocaba manejar una chatarra como esa. Al menos, por la forma de conducir, estaba seguro de que no se trataba ni de la policía ni de alguien que supiera realmente lo que estaba haciendo. Cuando levantó la cabeza vio que hacia el final de la calle aparecía un semáforo y recordó algo que, aún con ese auto, podía intentar. Enseguida quitó la pata de acelerador y torció el volante para acercarse un poco a la vereda. La luz recién había cambiado a verde pero calculó que iba a durar muy poco: la avenida que cruzaba era mucho más ancha e importante que la calle por la que él conducía. Comenzó a frenar, lentamente, y con los ojos fijos en el retrovisor, esperando una reacción. Pero no la hubo: el deportivo continuó avanzando a la misma velocidad y por el mismo carril. Michael presionó, aún más, el freno y el auto se detuvo completamente cuando todavía faltaban unos cuantos metros para llegar a la esquina. Siguió observando por el retrovisor a la vez que llevaba su pata al bolsillo para estar listo. El deportivo se acercó, pasó a su lado —Michael jugueteaba nerviosamente con la pistola que Paul le había dado—, y siguió de largo. Lentamente cruzó el semáforo y aceleró para doblar a la izquierda en la siguiente esquina. Era un Lotus con varias modificaciones que le impidieron reconocer el modelo. Michael avanzó hacia la intersección. El semáforo había cambiado a rojo, pero tenía suerte, no había demasiado tránsito. Esperó a que terminara de cruzar un autobús escolar y se mandó tras él, hundiendo la pata en el acelerador. El Chrysler salió algo rápido pero derrapando. No le resultó difícil controlarlo; cuando logró enderezarlo volvió a acelerar. Era un auto horrible, tenía que aprovechar la pequeña ventaja que le había dado el semáforo y alejarse lo máximo posible.

El auto terminó de resbalar en el pedregullo y se detuvo. George subió la vista y se topó con un cartel que anunciaba a doscientos metros el comienzo de la interestatal. Fue en ese momento cuando cayó en la cuenta de que esa vieja autopista era el escenario del sueño que lo había estado persiguiendo. Sintió una descarga de adrenalina y que su corazón se aceleraba drásticamente. Comenzó a agitarse, y a sentir la amenaza de la desesperación. El bulldog le apuntó con el arma e hizo un gesto antes de abrir la puerta y bajar del auto. George se llevó la pata al pecho para sentir el corazón y se topó con la cartuchera, y con que aún llevaba el revólver dentro. Tragó saliva, observando atentamente a través del parabrisas como el bulldog cruzaba frente al auto, y se dijo a sí mismo que sí, que esa era su oportunidad; que era el momento; que tenía que hacerlo ahora. E intentó meter su pata derecha dentro de la gabardina pero no pudo: estaba temblando y transpiraba muchísimo. Sólo consiguió deslizarla sobre el pantalón para secarla, y luego apretó el puño con algo de frustración. Una de las puertas traseras se abrió. George alzó automáticamente la cabeza para chequear el retrovisor: el wolfhound no salió del auto sino que se deslizó en el asiento.

—Que te bajes —dijo, y volvió a golpearlo en la cabeza.

Esta vez el golpe fue mucho más suave. George salió lentamente del auto, mirando de reojo la cartuchera y repitiéndose que tenía la oportunidad; que era el momento. Y dio un par de pasos en dirección a la parte trasera, calculando la distancia, proyectando mentalmente cada uno de los movimientos necesarios y diciéndose que primero tenía que ocuparse del bulldog y que tenía que hacerlo justo ahora; aprovechar que estaba afuera y que tenía la ventaja. Y repitió que era justo ese momento. Ahora. Ahora. Ahora.

Pero ya casi estaba dentro del auto y las patas seguían colgando inmóviles a los lados del tronco. Y no había forma de moverlas. Y se inclinó para entrar y sintió otra vez el espasmo intenso, y la transpiración fría, y que la oportunidad se le estaba escapando, y que debía hacerlo; que era ahora o nunca. Y luego sintió también el calor del asiento, y la desesperación, y que la oportunidad se había desvanecido; que ya era tarde.

Michael conducía a buen ritmo. Había tenido mucha suerte con el tráfico y la sincronización de los semáforos, pero esa suerte parecía estar por acabarse. Estaba lejos aún de la intersección y la luz ya había cambiado al amarillo. Michael quitó la pata del acelerador y la llevó lentamente al freno. Era el semáforo del cruce con la Interestatal, no podía arriesgarse. Dejó que el auto se deslizara algunos metros y enseguida puso un poco de presión sobre el pedal. Pero el pedal no se movió. Instintivamente el fox terrier bajó la vista para ver qué estaba pasando —no vio nada extraño— y volvió a presionar el freno. Parecía atascado. Miró hacia la calle: no tenía autos enfrente pero iba todavía a mucha velocidad y el semáforo cambiaba al rojo. Volvió a presionarlo, y luego a patearlo. Ya casi estaba sobre la intersección. El pedal no se movía. Un enorme camión azul apareció de la nada, a toda velocidad y haciendo sonar la bocina, y ya casi lo tenía encima cuando hundió las dos patas, con todas sus fuerzas sobre el freno, y el pedal al fin cedió. Las ruedas se bloquearon y el auto se deslizó hacia un lado y hacia otro pero pudo controlarlo. Frenó a centímetros.

Michael respiraba agitado por la boca con las dos patas sujetando aún firmemente el volante. El camión no había terminado de cruzar cuando sintió que alguien le golpeaba suavemente el hombro.

Paul cerró la puerta, sujetó el volante, y pisó el acelerador; el auto salió a toda velocidad, levantando algunas piedras y mucho polvo. Mulligan tuvo un poco de trabajo para encender el cigarrillo entre tanta sacudida. Cruzaron la calle y luego torcieron a la izquierda, y al final se metieron por uno de los accesos a la Interestatal. Una ráfaga de viento hizo que el humo del cigarrillo del wolfhound le cayera al sapo en plena cara.

—¿A dónde vamos?

El wolfhound lo miró, el sapo parecía sorprendido por su propia pregunta:

—Shhh. Callado —le contestó, de muy mala manera.

El auto dio un salto al entrar velozmente a la vieja autopista. Había muy poco transito; más que nada camiones.

George sintió que un flash inexplicable, algo así como un momento de increíble lucidez, se colaba en su mente y lo obligaba a explicar que no tenía el collar; y pese a que no lograba comprender del todo porqué decía eso, cuando ni siquiera se le había ocurrido advertirles que era policía, tenía la infantil ilusión de que eso iba a aclarar las cosas. La reacción del perro a su lado no fue la que había imaginado: el wolfhound largó una carcajada.

—¿Escuchaste? No tiene el collar —buscaba al bulldog en el retrovisor—. Qué bien —rió nuevamente—. Me parece muy bien que cumplas con tu parte.

Esto último se lo dijo a George, mirándolo a la cara. George se empequeñeció en el asiento, desacomodado por la frase del wolfhound; el momento de lucidez había sido demasiado corto.

—Pero eso ya lo sabíamos —continuó el wolfhound, acercando su enorme cabeza—, porque lo tenemos nosotros.

—Eh. Mulligan —llamó el bulldog, mirando por el espejo.

—¿Qué? No hay problema. Se lo vamos a dar de todas maneras. Si lo quiere, somos buenos. ¿Eh?, ¿verdad? —preguntó, y se inclinó para buscar algo debajo del asiento—. A ver, a ver.

—¿Mulligan, qué estás haciendo?

El wolfhound sacó una bolsa negra de nylon y metió la pata dentro. La sacó con el collar:

—¡Pero qué sorpresa!

El bulldog sacudió la cabeza.

—Ten —dijo estirando la pata hacia el sapo—, es tuyo.

George seguía completamente sorprendido e inmóvil. El wolfhound lo miró con cierto fastidio.

—Dije que era tuyo.

George no se movió. El wolfhound sonrió y apretó el puño.

El golpe le dio de lleno en el estómago. George comenzó a temblar, tensó la mandíbula, cruzó las patas, pero no podía contenerlo, no podía contenerlo más.

—¡Eh, quieto!

Y un nuevo golpe. Y eso fue todo. George lanzó un grito y pateó el asiento con ambas patas.

—¡Quieto!

Por un instante sintió que el tiempo se detenía; que se convertía en algo corpóreo y pesado; una sustancia casi líquida que se colaba por la ventanilla abierta y avanzaba sobre él como una tímida oleada de sopor. Por un instante sintió que todo estaba bien. Pero el sopor no demoró en hacerse demasiado intenso; en convertirse en una baba agria y picante que lo empapaba y que tiraba de su piel. Y entonces brotó de la nuca un escalofrío que se lanzó hacia la columna a toda velocidad. Y cuando llegó al ano explotó en un espasmo vergonzosamente liberador; en una infernal catarata que retorcía cada nervio, cada músculo, y que desgarraba todo desde dentro. George sintió en su abdomen la violencia de algo que lo arrastraba desde dentro, y en su trasero el contacto tibio de la materia que brotaba desesperada y furiosa. Mientras tanto su rostro se había congelado en una expresión de inconfundible pánico.

—¡Ajjj! —gritó el wolfhound.

El bulldog torció la cabeza un segundo para ver qué estaba pasando:

—¿Qué pasa?

—¡Ajjj! Hijo de p… —el wolfhound tenía una expresión rarísima en el rostro.

—¿Qué pasa?

Mulligan no contestó, pero la pregunta pareció sacarlo de ese trance en el que había caído; enseguida reaccionó sujetando con una pata las solapas de la gabardina del sapo y abriendo la puerta con la otra.

El bulldog volvió a torcer. El sapo largaba un quejido agudo y débil; el wolfhound lo acercaba a la abertura.

—Mulligan, ¿Qué demon…

—¡Se cagó! ¡Se cagó! —gritó, al fin, como única explicación, por sobre el ruido del viento, y mirando con furia al sapo.

—¿Cómo?

Mulligan soltó las solapas del sapo, se estiró hacia atrás, y le dio una patada a la altura de la garganta que lo tiró fuera del auto.

—¡Mulligan! —gritó el bulldog y giró, esta vez hacia el otro lado, para ver por el espejo lateral cómo el sapo rodaba por la autopista—¿Qué hiciste?

—Se cagó —repitió el wolfhound, ensimismado—. El maldito hijo de su cochina madre se cagó.

George intentó incorporarse, lentamente. Pero un dolor desgarrador en las patas y en la cadera tiró de él regresándolo al piso.

Escuchó una frenada brusca, y luego otra, y sintió una descarga de sudor frío.

Lo intentó de nuevo, sollozando.

Lanzó un grito agudo y ahogado, y volvió a caer. Vomitó.

Vio que su pata trasera derecha estaba quebrada; era una quebradura expuesta bastante fea. Se puso a llorar. Intentó una vez más levantarse y esta vez, al caer, notó el silencio que había empezado a crecer justo detrás suyo. Un silencio que se hacía cada vez más intenso; que parecía capaz de detenerlo todo. En medio de ese silencio surgió un soplido vibrante y grave que reverberaba como si fuera el zumbido de un insecto nuevo y poderoso. George torció con mucho cuidado su cabeza e hizo un último esfuerzo por ponerse de pie. En ese instante reconoció la imagen del sueño que lo había estado atormentando desde que se levantara de su cama para huir de Franny. Sintió que era perfecto; que había sido una réplica formidable. Tan sólo lamentó un detalle: hubiera deseado que el camión que estaba por atropellarlo fuera rojo, como el que había vislumbrado, y no azul.

Eso, sólo eso.

XI

—Bueno, al fin nuestro amigo el sabueso nos honra con su presencia —dijo Maxwell, apartando la cabeza de un pequeño espejo sobre la mesa que tenía unas cuantas líneas de Special K mezclado con heroína.

Lukas torció para mirar. Alex entraba mostrando una media sonrisa cordial:

—Perdón —dijo—, tenía que ocuparme de algunas cosas —y fue directo al sillón.

Lukas lo siguió con la mirada.

—Y por cierto —el murciélago dejó caer el dólar enrollado que usaba para inhalar y se echó hacia atrás en el sofá masajeándose el hocico—: ¿cómo van esas cosas?

—Oh —dijo Alex—, van bien. Muy bien —y sacudió un poco la cabeza, afirmando.

Maxwell sintió que había algo extraño en el tono del sabueso:

—Bueno —dijo—. Es bueno saberlo —e hizo una pausa en la que pareció quedar pensando.

Luego señaló el espejo, con un gesto muy amable, y preguntó—: ¿Quieres?

Alex seguía sintiendo la mirada del doberman clavada en él. Lo pensó unos segundos:

—Sí… no veo porqué no.

Maxwell sonrió:

—Nosotros tampoco, ¿verdad?

Lukas miraba con descrédito:

—¿Qué?

—Deja que el perro se relaje un poco —dijo Maxwell, sin mirarlo, y acercándose a la mesa.

Alex tomó un par de líneas antes de reclinarse en el sillón, cerrar los ojos y mover la cabeza, lentamente, hacia atrás y hacia los lados.

—Buena mierda, ¿verdad? —preguntó Maxwell—. Buena para ese dolor de cuello, ¿eh?

Alex abrió los ojos y lo miró por un momento. Luego volvió a cerrarlos.

—Sí, es buena —dijo, sin entusiasmo.

—Bien, muy bien. Me alegro de que te guste. Porque, ¿sabes? Pensé que si estabas relajado, y todo eso, quizás te vendrían ganas de contarme cómo está yendo todo, en lugar de venir con mierdas y disculpas. Ya sabes que la paciencia no es una de mis virtudes.

Alex levantó la cabeza del respaldo y lo miró con una sorpresa que no demoró en transformarse en otra cosa:

—¿De qué estás hablando?

—Quiero saber cómo van mis cosas.

Alex movió la cabeza afirmativamente.

—Tus cosas… —comenzó a decir, pero algo lo interrumpió; algo que, a juzgar por la expresión, parecía ser una mezcla de dolor e incomodidad. Alex llevó la pata a la espalda y quitó la cartuchera con el revólver que llevaba calzada en la parte trasera del pantalón; la dejó sobre el apoyabrazos y volvió a mirar al murciélago— …han sido verdaderamente complicadas.

Maxwell entrecerró los ojos:

—¿Complicadas? ¿Cómo?

—Alex —llamó Lukas.

La filosofía del doberman era limitada pero rigurosa, y muy funcional. Era unívoca, sólida y, lo que era mejor, no dejaba espacio a las dudas ni a las interpretaciones. Al tope de esa breve lista aparecía algo que el doberman cumplía con celo y sin excepciones: nunca mostrar debilidad. Y ahora mismo no podía estar seguro de lo que el sabueso iba a decir, pero no le gustaba el rumbo que estaba tomando la conversación.

—Alex, ¿por qué no…

—Complicadas como cuando un animal bastante peligroso se mete en el medio —respondió, de cualquier manera, el sabueso.

—Alex. ¿Qué estas dicien…

—Él está hablando y yo escuchando —interrumpió Maxwell, a buen volumen y con la voz cargada de violencia.

—Y complicadas como cuando se elige mal la gente con la que trabajar —continuó Alex, con fastidio.

Maxwell había supuesto —quizás por lo que había dicho, quizás por la forma en que lo había dicho—, que el sabueso iba a seguir hablando, pero se equivocó.

—¿El sapo? Les advertí sobre ese tipo —dijo—. No sé qué mierda se les metió en la cabeza y los convenció de usarlo —después resopló—. Es un imbécil. Un imbécil —y quedó sacudiendo la cabeza.

Lukas estaba casi seguro de que el sabueso no había pensado en el sapo. Él tampoco lo había hecho. Alex seguía sin hablar así que Maxwell retomó:

—Ese animal —dijo Alex, al fin, sin interrumpir su juego o cambiar la expresión—, es un lince. Uno bastante jodido. Y podría apostar una pata a que trabaja para Boris —tras decir el nombre levantó la vista—. Conoces a Boris, ¿verdad? Boris el araña. Boris el jodido jabalí sádico que solía estar en las fuerzas.

El sabueso demoró en reaccionar, parecía haberse desentendido de la conversación: jugaba con la cartuchera, levantándola unos centímetros y dejándola caer, y tenía una expresión ausente. Lukas lo observaba expectante; él también quería saber cuáles eran las respuestas a esas preguntas.

—Ese animal —dijo Alex, al fin, sin interrumpir su juego o cambiar la expresión—, es un lince. Uno bastante jodido. Y podría apostar un brazo a que trabaja para Boris —tras decir el nombre levantó la vista—. Conoces a Boris, ¿verdad? Boris el araña. Boris el jodido jabalí sádico que solía estar en las fuerzas.

Alex hizo una pausa para estudiar la reacción del murciélago.

—¿Mi hermano lo contrató?

—Sí, tu hermano lo contrató.

Lukas parecía algo sorprendido, no porque el sabueso supiera más cosas de las que había dicho, eso ya lo esperaba, sino porque fueran justo esas. Sorprendido y alerta; sentía que las piezas más importantes aún no habían aparecido.

—Entonces, ¿cuán jodidos estamos? —preguntó el murciélago.

—Bastante. Bastante jodidos estamos —dijo Alex.

Maxwell seguía intentando descifrar qué era eso que había en el tono del sabueso: no era realmente enojo, tampoco era realmente desilusión.

—Pero no deberíamos estarlo —completó el sabueso.

—Sí, es un poco tar...

—Porque como bien dijiste hace unos minutos, son tus cosas.

—¿Qué? ¿De qué estás hablando?

—Tus cosas —repitió Alex—. Tus jodidos problemas.

—¿Qué? ¿Qué querés decir? Te estoy pagando.

—Sí...

—Y muy bien —Maxwell pasaba del desconcierto al enojo.

Alex seguía con su tono indescifrable:

—Sí, y ese es exactamente el punto.

—¿De qué mierda estás hablando?

—Me estás pagando porque sabías que Boris podía aparecer. Me estás pagando para no tener que enfrentarte con él. Y trabajar para un cobarde... ¿en qué me convierte?

Maxwell quedó unos segundos en silencio, buscando una motivación detrás de las palabras del sabueso:

—Si lo que estás buscando es más dinero...

—No, no estoy buscando más dinero. Quiero decir, no me malinterpretes: necesito dinero, me encanta el dinero. Y también me gusta mi trabajo. Es sólo que no puedo aceptarlo. Si lo hago no sería más que tu jodido basurero; como una de esas enfermeras que tienen que limpiar la mierda de sus patrones. Y, simplemente, no existe el dinero suficiente como para que yo haga eso. Me tomó algún tiempo, tal vez demasiado, pero me he dado cuenta de que no me gusta trabajar para cobardes —hizo una pausa—. O con imbéciles.

Esto último lo dijo mirando al doberman. Lukas volvió a sorprenderse; esperaba algo así, pero no tanto, y no de esa forma. No dijo nada; ya no había nada que decir. Ahora sólo restaba esperar el momento y actuar.

—Es que no tiene sentido. ¿Por qué habría de encargarme de Boris? ¿Por tu dinero? Podría hacer muchísimo más dinero con Boris fuera del negocio. ¿Por qué, Maxwell? ¿Por qué habría de arriesgarlo todo? ¿Qué ganaría? ¿Por qué habría de hacerte ese favor?

Maxwell sonrió:

—Es gracioso como Boris hace aflorar los conflictos y los cuestionamientos morales. Un par de días atrás tomabas el dinero sin hacer preguntas, pero ahora... El miedo obra de maneras misteriosas.

—Sí, es verdad. Toda esta situación no me hace gracia en lo más mínimo. Tengo que admitirlo, preferiría no tener que enfrentarlo. Pero, ¿sabes? Todas las cosas se terminan en algún momento. Digo, todas las cosas deben pasar, es inevitable. Y si Boris y yo tenemos que vernos las caras, está bien. Pero va a ser por mí. No por un maldito cobarde con el dinero de los remordimientos de su hermano. No por hacerle las cosas más fáciles a un imbécil traicionero. Voy a hacerlo, Maxwell. Pero voy a hacerlo por mí.

—Me vas a hacer llorar —dijo el murciélago, con sorna y rabia.

Alex sacó el revólver de la cartuchera:

—Y te voy a hacer sangrar, también.

XII

Samuel el murciélago estaba en el living, parado detrás de uno de los sillones, observando el espléndido día de sol a través de las puertas de vidrio que daban al jardín. El teléfono sonaba pero el murciélago no le prestaba atención, como tampoco le prestaba atención a su mayordomo que caminaba rumbo al bar para atenderlo. En cambio parecía concentrado en golpearse tímida y rítmicamente el hocico, y en no pensar en nada; o en casi nada.

La suricata levantó el teléfono:

—Residencia de Su Señoría —dijo y aguardó en silencio.

Luego mintió:

—Su Señoría no se encuentra.

—Insisto —dijo, al cabo de unos segundos, y con un tono un poco más severo—: Su Señoría no se encuentra en este momento... Sí, sí. Estoy se... —se interrumpió, y acompañó este tercer silencio, bastante más largo que los anteriores, con miradas tímidas y furtivas a su amo.

—Veré si puedo ubicarlo —dijo, al fin, y tapó con una pata el teléfono.

Carraspeó.

—¿Qué hay ahora? —preguntó Samuel, sin mirarlo.

—Señor, disculpe, pero... —no lograba articular lo que quería decir— ...hay una persona que dice... que quizás debería atender.

Alex cortó, se frotó un poco la oreja con la pequeña antena del inalámbrico, y se reclinó en el sillón. Estaba satisfecho, muy satisfecho, y algo sonriente. Sentía que la conversación lo había cargado de energía. Recreaba las últimas palabras del murciélago cuando recordó algo que había dejado pendiente. Tecleó un número y se llevó el teléfono a la oreja.

—Hola, es Alex —dijo—... Sí, bien. Tengo otro trabajo para ustedes... Sí, bueno. Son dos esta vez y no hay auto. Y escucha, no quiero curiosos, ni metidos, ¿ok? Sin preguntas y sin comentarios... No, no es el sapo. Pero, escucha, respecto a eso: van a haber algunos cambios... Sí, voy a necesitar que lo escondas por un tiempo. Y al auto también... Bueno, no creo que vaya a ser tanto problema. Sólo un par de días... Sí, cuanto menos sepas, mejor para todos... Bueno, ya vas a ver... Ok, ¿entonces envías a alguien por los cuerpos? Bien. Los espero.

Alex cortó y se estiraba para dejar el teléfono sobre la mesa cuando el aparato sonó. Lo llevó rápidamente a la oreja.

—¿Sí?

—Lo hicimos —dijo una voz grave y carrasposa.

Alex quedó en silencio y desconcertado por unos segundos: intentaba identificar quién estaba del otro lado de la línea y adivinar qué era eso que habían hecho. Cuando reconoció la voz del wolfhound se dio cuenta de que algo tenía que andar mal. Muy mal.

—¿Dónde están?

—¿Qué? En la interestatal. En una cabina. En una estación de servicio —Mulligan giró buscando más detalles para describir pero no encontró ninguno. Sólo notó que un deportivo negro había frenado cerca del Oldsmobile y le enseñaba, a través de la ventanilla, un mapa al bulldog—. Lo hicimos. Está hecho.

Alex llevó la pata libre a la sien.

—¿Por qué no fueron a encontrarse con los muchachos?

—¿Eh? No pudimos —Mulligan volvió a girar y a meterse debajo de la cúpula de la cabina; su voz se había vuelto algo tímida—. Tuvimos algunos problemas. El sapo se enloqueció y...

—¿El sapo enloqueció? —Alex repitió con descrédito.

—Sí, tuvimos que hacerlo de otra manera... Pero lo hicimos. Está hecho; está muerto.

Alex inclinó la cabeza y dejó que su pata se deslizara lentamente hasta el cuello.

—¿Hola? —repetía Mulligan.

—¿Tienen el collar y la orden?

—No, no. Se los dejamos al sapo, como habíamos quedado.

Alex cerró los ojos y dijo muy lentamente:

—Hijo de tu cochina madre. No era eso en lo que habíamos quedado —casi deletreando—. Ir a encontrarse con los muchachos. Llevar el sapo vivo. Eso era en lo que habíamos quedado.

Mulligan apretaba los dientes y torcía la cabeza hacia uno y otro lado, como buscando algo con lo que desquitarse. En uno de esos movimientos advirtió que el bulldog no estaba en el auto. Se puso a observar en derredor, buscándolo, pero no tuvo suerte y eso le pareció bastante extraño. Comenzaba a pensar en la posibilidad de que hubiera algún problema cuando se dio cuenta de que la pata del bulldog asomaba por la ventanilla. Sintió rabia de que el muy imbécil lo hubiera forzado a llamar al sabueso y ahora se echara una siesta mientras él tenía que soportar los insultos.

—¿Estás escuchando?

Mulligan reaccionó tardíamente:

—¿Eh?

—Jodido imbécil, ni siquiera me estabas escuchando.

—Sí, sí. Estaba, est...

—Bueno, entonces escucha esto: quiero ese collar y esa orden. Y no me importa lo que tengan que hacer. Realmente, no me importa. Sólo no vuelvan al club sin ese collar y sin esa orden. No vuelvan siquiera a la ciudad sin ese collar y sin esa orden.

Mulligan volvió a apretar los dientes y a sacudir la cabeza; no podía entender qué se le había metido en la cabeza al sabueso para querer de vuelta el collar y la orden. Fantaseaba con golpearlo cuando sintió que alguien le tocaba el hombro. Giró y se encontró con un lince, bien vestido y de sombrero.

—¿Me permite usar el teléfono? —preguntó.

Mulligan aprovechó para descargar un poco de violencia: apoyó el tubo contra el cuerpo, para evitar que el sabueso escuchara, e hizo un gesto con la otra pata, a la misma vez que masticaba un:

—A volar.

Ya se estaba llevando el tubo a la oreja cuando sintió que otra vez le tocaban el hombro; se dio vuelta furioso y tensando los músculos.

—Escucha imbécil. No estoy en uno de mis mejores días, así que mejor te lar...

Mulligan se interrumpió porque sintió que algo goteaba sobre una de sus patas mojándole el pantalón y los zapatos. Cuando bajó la vista se encontró con que el lince sostenía la cabeza sangrante de Paul el bulldog congelada en una expresión monstruosa.

—Realmente necesito usar el teléfono —dijo el lince, sin apartar un segundo su mirada de los ojos del wolfhound.

Boris entró a su oficina sonriendo y moviéndose enérgicamente; había salido a buscar información —él, no había mandado a nadie—, y claro que la había conseguido. Entró, se quitó la campera, —su vieja campera negra—, la arrojó sobre la mesa ovalada, y se lanzó sobre el sillón frente al escritorio haciendo que se deslizara unos cuantos centímetros. La carga de adrenalina que todavía circulaba por su cuerpo lo hacía sentirse poderoso y algo eufórico, pero la realidad era que debajo de esa brillante superficie ciertas dudas y cuestionamientos se movían y avanzaban amenazando con escapar de la censura que las había ocultado. La realidad era que ya casi nadie lo conocía; que ya casi nadie lograba asociar la imagen que guardaban de Boris con la de ese jabalí viejo y gordo que tenían enfrente; que había tenido que golpear y golpear donde antes había bastado una simple amenazas; y, por sobre todas las cosas, que estaba cansado. Pero mientras que no fijara su atención en esto; mientras que protegiera la ilusión, todo iba bien. Boris estiró una pata para acercarse al escritorio y luego abrió el primer cajón. De ahí sacó su caja de puros y la tiró sobre el escritorio. Se secó las patas en el pantalón, abrió la caja, y se calzó un puro en el hocico. Después tanteó los bolsillos buscando los fósforos, pero no los encontró ahí sino en el cajón. Raspó uno y lo acercó al puro pero tuvo que volver a alejarlo antes de que encendiera porque estaba demasiado agitado. Esperó un momento a que se normalizara la respiración. Demoraba demasiado. Tuvo que soltar el fósforo porque estaba a punto de quemarlo. La superficie feliz se derretía. Lo rescató el timbre del teléfono. El teléfono negro.

—Escucho —dijo.

—Llamo para avisarte que tengo un sapo muerto en la valija, un par de collares, y una orden firmada por Samuel el murciélago.

Boris carraspeó porque su propia voz le había sonado débil, y dijo:

—Sí, Vincent —sólo por decir algo, mientras repasaba lo que el lince había dicho.

Vincent continuó:

—Tengo que decirte: es mucho más que una simple extorsión.

—Lo sé —dijo Boris—. Es una vendetta —y puso un tono más solemne para explicar—. Una venganza entre hermanos

Sí —dijo Vincent, con su tono neutro.

Se produjo un silencio.

—¿Qué quieres que haga con el equipaje?

Boris quedó pensando. Escuchó el sonido de una frenada y lo que parecían ser gritos.

—Vincent, ¿qué pasa?

—Es sólo un perro en una moto japonesa grande.

—Ok, Escucha. ¿Cuán lejos estas ahora?

—Algo así como una hora.

—Bien, entonces mejor nos vemos en mi apartam... —Boris se interrumpió porque los gritos se hicieron más intensos y estaban claramente dirigidos al lince—. ¿Qué pasa?

—Para ser honesto, no lo sé. ¿Conoces a algún perro mitad chow chow mitad basenshi que use sables samurai antiguos?

Boris no alcanzó a responder, la voz del perro llegó clara por el auricular:

—Mataste a mi hermano.

—Olvídalo, Boris, ya entendí. Escucha, tengo que colgar.

—Ok —respondió Boris.

—Nos vemos en tu apartamento.

Antes de alejar el auricular creyó escuchar que Vincent aclaraba algo sobre un medio hermano.

XIII

El apartamento de Boris tenía dos entradas: la principal, de enormes puertas de madera, que conectaba con el hall del edificio; y una pequeña a la que se accedía a través de una escalera por sobre el doble garaje donde, además del auto, guardaba una lancha bastante grande. La primera entrada daba al living, la segunda a la cocina. Boris, salvo raras excepciones que en general tenían que ver con querer impresionar a alguna hembra, solía utilizar la entrada de la cocina; era más rápida, privada, directa y, aunque eso no importara demasiado, ofrecía una estupenda vista al lago. Boris solía dejar el auto tras la lancha y subir la escalera controlando distraídamente el paisaje. Dick el bullterrier se había burlado de esa costumbre alguna vez diciendo que, más que disfrutarlo, parecía querer asegurarse de que todo ese paisaje, que le pertenecía, siguiera en su lugar. Jack había sido más profundo y más hiriente, como era su costumbre. Había dicho que no detenerse un segundo a contemplar esa maravilla era como decirle al paisaje que podía ser muy bueno para otros pero que a él no lo sorprendía en lo más mínimo. Boris pensó un segundo en esa frase, y luego en el bullterrirer y el conejo.

Trepó la escalera y calzó la llave para abrir la puerta de hierro de la cocina; una tímida alarma sonó en su interior. Se preguntó si podía ser Vincent otra vez y miró el reloj. Se respondió que no, que era imposible: no habían pasado más de quince minutos y Vincent no iba a mentir; menos en una estupidez como esa. Se quedó inmóvil y en silencio, atento a cualquier indicio de movimiento en el interior. No escuchó nada. Su alarma interior oscilaba. Decidió sacar la pistola y atravesar la cocina con cuidado.

El living estaba en penumbras. No era raro: el día anterior había trabajado hasta tarde en la oficina por lo que no había levantado las persianas en ningún momento. Permaneció quieto, esperando a que sus ojos se acostumbraran y barriendo el pobre campo visual en una y otra dirección. Un nuevo estallido de alarma lo sorprendió y reaccionó moviéndose rápido hacia la pared para accionar el interruptor de la luz. Un sabueso con el pelo manchado de negro y marrón, con camisa de seda y pantalones claros, ocupaba uno de los sillones del living y lo miraba, con una mezcla de curiosidad, expectación y desafío. No, no era un sabueso, era Alex; todavía podía reconocerlo. A Boris le pareció difícil de creer que se hubiera metido en su living y que ni siquiera estuviera armado. Encontró la explicación demasiado tarde: sintió en su espalda el caño de un revólver y vio como una pata blanca le arrebataba su Beretta.

—Muy amable —dijo el animal que lo apuntaba, con tono cortés y un acento extraño—. Por favor, tome asiento.

Boris ocupó un sillón frente al sabueso que continuaba observándolo sin decir palabra.

—Pensé que te habías retirado, Dick —dijo Boris, mirando al sabueso pero hablándole al animal que tenía a su espalda.

Obtuvo una risa por respuesta y, unos segundos después, un bullterrier completamente blanco y musculoso, vestido con un impecable pantalón celeste y una remera blanca polo, salió de detrás del sillón.

—Y yo pensé que había sido claro en cuanto a ese apodo.

Boris largó una carcajada seca. El bullterrier ocupó el sillón restante, a la derecha del sabueso.

—Te tomó algún tiempo reconocerme —dijo.

—Es que ha pasado algún tiempo, Richard.

—Sí, efectivamente. Cinco años para ser exactos.

—Sí —dijo Boris, y sacudió la cabeza con una expresión ausente.

Richard lo contempló en silencio.

—¿Así que ahora estás con estos perros? —preguntó Boris, despectivamente, y señalando con el hocico.

Alex no dijo nada, ni cambió la expresión.

—Bueno, un cliente es un cliente —respondió Richard, sin dejar de apuntarle.

—Es lo que pensé —dijo Boris—. Has perdido clase —agregó y enseguida, quizás provocado por el movimiento, puso una mueca de dolor.

—Para ser completamente honesto —dijo Richard, en el mismo tono cortes pero frío con el que había dicho la última frase—, el factor determinante no fue el dinero. ¿No te habías deshecho ya de esos calambres?

Alex había estado observando al bullterrier, intrigado por lo que iba a responder, pero al escuchar la pregunta volvió la vista al jabalí. Boris presionaba con su pata algunos puntos precisos en la oreja. Alex no pudo evitar sentirse identificado, y observarlo con un dejo de fascinación y orgullo; parecía, sin embargo, más concentrado en memorizar algunos gestos que en aprender la técnica.

—Yo había pensado que sí; de los calambres y de muchas otras cosas —dijo Boris al fin, y rió.

—Bueno, en realidad, el hecho de que esté aquí tiene mucho que ver con eso —dijo Richard, cuando la risa del jabalí terminó de apagarse—. Vine para que me digas cuánto hay de verdad en cierto rumor que llegó hasta mis oídos.

La reacción del jabalí fue mínima —apenas un leve movimiento de los párpados, entrecerrándose, y algo más de tensión en los músculos del cuello— pero suficiente.

—¿Entonces, es verdad? —preguntó Richard, sorprendido.

Boris congeló su rostro en una expresión neutra y lo quedó mirando sin decir palabra.

—Así que lo hiciste. Realmente lo hiciste. No puedo creerlo. Vendiste a Jack. Y está muerto, ¿sabes? Está muerto.

Alex estaba un poco confundido por lo que estaba sucediendo, pero había algo en ese silencio tenso y profundo que se había producido que lo forzaba a esperar pacientemente. Richard, al fin, lo quebró:

—Entonces dime: ¿valió la pena? ¿Fue redituable? Tiene que haber sido una oferta muy tentadora. Por favor, cuéntame.

—No vengas a mi casa escoltando a basura como esa y pretendas que te rinda cuentas —dijo Boris, molesto.

—¿Te refieres a él? —Richard señaló al sabueso.

Alex lo miró. No le gustó el tono, ni el gesto. Richard sacudió la cabeza:

—¿Eso es lo que te está molestando? —se levantó del sillón y giró el revólver para ofrecérselo al jabalí por la culata— Ten, encárgate, si tanto te molesta.

—¿Qué diabl...—murmuró Alex.

Boris frunció el hocico, alzó una pata, rechazando el ofrecimiento, y apartó la cabeza; la movida del bullterrier no le había gustado en lo más mínimo.

—No estoy escoltando a nadie, Boris. Me conoces mejor que eso. No desvíes la conversación —dijo Richard, regresando al sillón.

Alex lo seguía mirando, sin comprender:

—Dame el revólver —dijo, al fin.

Richard torció y lo observó por un momento.

—Cállate —dijo.

Alex levantó las cejas y luego exhaló. Que la situación se complicara era algo que podía esperar, lo que le resultaba sorprendente era en la forma que eso había sucedido. Decidió que era tiempo de tomar las riendas así que disimuladamente llevó una pata a la espalda.

Richard regresaba la vista al jabalí—: No puedo...

—Debo estar desarrollando una especie de adicción con respecto a cierto tipo de situaciones —interrumpió Alex.

Richard volvió a mirarlo:

—Creo haberte pedido que te mantuvieras callado —dijo.

Alex había liberado el revólver de la cartuchera que tenía en su espalda, y ahora, con un movimiento rápido estiraba su pata para apuntarle al bullterrier justo entre los ojos:

—Dame el jodido revólver —dijo.

Richard se llevó una pata al hocico para limpiarse una mancha de sangre. Escudriñó su remera y dejó el revólver sobre la pequeña mesa que había entre los sillones antes de regresar a su asiento y a concentrarse en el jabalí. Boris no se percató, observaba con mucha atención cómo el sabueso sangraba y daba las últimas sacudidas. Pero no miraba porque estuviera impresionado o conmovido. Después de todo las cosas habían terminado de la única forma en que podían terminar. Conocía al bullterrier demasiado bien como para sorprenderse por lo rápido o inescrupuloso que era; y tampoco podía esperar sentir emoción alguna por alguien como el sabueso; ni siquiera asco al ver como toda esa masa de fluidos y sesos comenzaba a escapar por el hueco que la bala había abierto. Boris observaba con mucha atención porque no tenía más remedio; porque algo que no podía comprender lo forzaba a acechar ese instante preciso en el que la vida final y fatalmente desaparecía. Cuando levantó la cabeza se encontró con los ojos del bullterrier.

—Dime, Boris —el tono de su voz era enérgico pero contenido—. ¿Qué pasó? ¿Qué locura se te metió en la cabeza y te convenció de vender a ese conejo que fue lo más cercano a un hijo que jamás tuviste?

Boris apretó los dientes. Los músculos de su cuerpo se tensaron automáticamente. Se dijo a sí mismo que quién demonios se creía el condenado bullterrier para venir a su casa y ponerse a interrogarlo; que no tenía que responderle nada; que los dos revólveres estaban ahí, al alcance de su pata; que no tenía más que inclinarse y meterle al jodido hijo de perra una bala en la cabeza. Pero no se movió. Algo lo distraía, una especie de emoción que desde hace un tiempo parecía empecinado en rondarlo. Boris quedó inmóvil por un momento, observando cómo esa emoción imprecisa intentaba desplegarse y buscar un asidero. Y se perdió en eso por un momento, tratando de descifrarla, de darle cabida. Pero era tarde, muy tarde, y lo que fuera que pudiera haber sido ya estaba corrompida por el encierro.

—¡Dios mío! —dijo Richard, sonaba sorprendido y decepcionado—. Ni siquiera lo sabes, ¿verdad? No tienes ni la más jodida idea de por qué lo hiciste.

Boris se tomó unos segundos para responder.

—A decir verdad, no —dijo, al fin; hablaba con algo de rabia y desprecio—. Nunca pensé realmente en eso. No lo sé… quizás sea como dicen; quizás tengan razón y haya querido probarme que todavía era lo suficientemente duro… O también que lo haya hecho porque me estaba sintiendo amenazado por él… No lo sé. Quizás.

Boris quedó callado y con la mirada perdida. Estaba algo torcido en el sillón y respiraba profundamente. Richard se incorporó en el asiento y ya abría la boca para decir algo, pero Boris continuó:

—O puede que, tal vez, simplemente —la mirada se había hecho fría, y el tono cargaba ahora un dejo de sorna—, sólo estuviera harto del jodido chico.

Richard largó una exhalación corta y apartó la vista. Sacudió la cabeza y tuvo que largar una segunda exhalación antes de poder hablar. Las palabras del jabalí habían terminado de transformar el débil resto de compasión que sentía por él en desprecio; y parecía que le estaba resultando algo difícil lidiar con eso.

—¡Dios mío! —volvió a decir—. No eres más que un pobre animal asustado. ¿Sabías eso? —preguntó, mirándolo a los ojos—. Sólo un viejo y patético animal temeroso.

Boris no contestó, se limitó a mantener la misma expresión desafiante.

Richard siguió mirándolo y sacudiendo la cabeza:

—No puedo dejar que sigas viviendo así —dijo, al fin.

Boris alzó una ceja.

—Voy a tener que matarte.

Richard puso énfasis en las palabras. Boris volvió a alzar la ceja, ahora más lentamente.

Vincent subió la escalera a toda velocidad y entró a la cocina pateando la puerta. Había presentido a kilómetros que algo andaba mal y no se había equivocado: Boris estaba sentado en el piso y apoyaba la espalda en la pared; tenía unas mordidas profundas, le faltaban algunos pedazos de carne, y sangraba profusamente. Vincent lo observó por unos segundos intentando determinar cuán grave era la situación. No podía estar seguro pero le pareció que iba a sobrevivir. Instintivamente siguió hasta el living para comprobar que no hubiera ninguna amenaza. En el piso encontró a un bullterrier con una herida que lo atravesaba desde la garganta hasta las costillas; una herida provocada por los colmillos del jabalí. No necesitó tocarlo para darse cuenta de que estaba muerto. Unos pasos más atrás había otro cadáver: un sabueso con tres tiros.

Vincent revisó el baño y las demás habitaciones y regresó a la cocina. Boris respiraba con dificultad.

—¿Qué pasó? —preguntó Vincent.

Boris hizo un gesto con la pata advirtiendo que no iba a hablar de eso. Vincent no era de preguntar dos veces; miró en derredor, detenidamente, y luego volvió la vista al jabalí. Boris señaló con el hocico, inquisitivamente, el sable que el lince traía en la pata derecha.

—¿Esto? —preguntó, y alzó el sable, como valorándolo—. Una especie de souvenir... Un medio hermano vengativo... No sé... Creo que me gustó.

Boris largó una carcajada seca por la ironía de la situación. El dolor se hizo visible en su rostro. Vincent observaba el rastro de sangre que nacía en el living y terminaba justo debajo del jabalí.

—¿Te molesta si lo pruebo?—le preguntó Boris, estirando la pata.

—No, claro que no —respondió Vincent, y desenvainó el sable antes de entregárselo.

Boris lo tomó con la pata derecha; parecía incapaz de mover la izquierda.

—Lindo —dijo, moviéndolo torpemente—. No entiendo mucho de estas cosas, pero parece de los buenos —agregó, y con mucho cuidado lo apoyó sobre su pata izquierda y lo hizo deslizarse, con toda suavidad, por el pelaje. Estuvo así un rato, jugando con el sable con una expresión en el rostro de ausencia y deleite, hasta que, inesperadamente, lo levantó y dio un golpe corto y rápido sobre su pata.

—Tiene buen filo —dijo, observando el hilo de sangre que brotaba del pequeño tajo.

—Sí —alcanzó a responder Vincent.

—A Jack le gustaban estos sables. ¿Conociste a Jack?

Vincent no respondió. Se lo notaba incómodo por la situación; miraba en derredor buscando algo que quedara por hacer. Boris torció el tronco e intentó mover la pata izquierda; no pudo. Se dio un nuevo golpe que abrió otro pequeño tajo.

—Vincent.

—¿Sí?

—¿Me harías un favor? —pidió Boris, ofreciendo al lince la empuñadura.

Vincent tomó el sable. Su rostro seguía mostrando una mínima turbación. Observó que el filo estaba ahora apoyado sobre el cuello del jabalí. No demoró mucho en comprender y sorprenderse. Lo miró a los ojos por un momento. Luego calculó la distancia y dijo:

—Sí, seguro.

XIV

Samuel regresaba al sillón y a golpearse rítmicamente el hocico. Lo diferente era que ahora intentaba controlar ese movimiento, y que en el sillón que tenía justo enfrente estaba sentado un lince con un sombrero calzado sobre los ojos y un sable en la pata derecha. Samuel no lograba entender bien qué estaba pasando, y no era bueno para sostener esa silenciosa pulseada de miradas a la que el lince lo estaba forzando. No tenía práctica; estaba acostumbrado a intimidar a sus visitas, no a ser examinado sin reparo alguno. Le extrañaba mucho el hecho de que Boris hubiera decidido enviar a alguien cuando siempre había preferido manejar todo personalmente; y con el antecedente de la llamada que había recibido unos días atrás comenzaba a preocuparse de que todo el asunto se le hubiera ido de las garras.

—Así que Boris lo envió —dijo al fin, tratando de que su tono sonara neutro y casual.

La respuesta demoró en llegar; y si bien el cambio de punto focal en los ojos del lince fue mínimo, casi imperceptible, Samuel lo atribuyó a la búsqueda de una respuesta.

—Sí, supongo que se podría decir eso —contestó Vincent.

La elección de las palabras del lince no sólo bastó para que confirmara la intuición de que algo había pasado con Boris sino también para que ese algo le pareciera ahora mucho peor de lo que había imaginado. Samuel lo observó buscando algún gesto que le permitiera vislumbrar lo que no había sido dicho. Pero no lo encontró y estaba otra vez al borde de una nueva pulseada.

—Entonces, ¿cómo sigue este asunto? —se apuró a preguntar.

—Su hermano está muerto —respondió Vincent—. Había contratado a alguien para incriminarlo en una jugada con el collar —continuó—. Ese alguien también está muerto. Tengo el collar, una copia falsa que habían dejado en la estación, el cadáver del sapo, y una orden con su firma.

El lince no titubeo, ni desvió la mirada, ni modificó el tono de voz, y cuando terminó de hablar, volvió a observar al murciélago de la misma forma en que lo había estado haciendo desde que ocupó el sillón. Samuel, en cambio, sintió el impacto de la noticia como un golpe inesperado; un golpe que lo empujo hacia una nebulosa húmeda y sofocante. Permaneció unos segundos en blanco, atontado, incapaz de reaccionar, de sentir o pensar en nada. Pero después, lentamente, fue sintiendo el pulso lejano de un recuerdo. Cerró los ojos por un instante para observar como ese latido crecía, golpeando cada parte de su cuerpo, reverberando. Lo dejó avanzar hasta que sintió en sus oídos la presión de la sangre, entonces el recuerdo encontró un punto de contacto que le permitió materializarse por completo.

La primera serie de imágenes se sucedió de forma desordenada y vertiginosa. Una ráfaga de destellos que mezclaba sonidos y sensaciones se lanzó sobre él como si cargara la ansiedad y la furia de una criatura que es liberada después de mucho tiempo: un domingo, su hermano, la montaña, el sol del mediodía, el pasto en la piel, la pesadez del calor, las burlas, la vergüenza, la rabia, la piedra, y por fin el impacto de la sangre. Samuel esperó pacientemente a que cada una de ellas se desplegara y cobrara intensidad para relatarle el enorme error de ese domingo. Y entonces revivió resignado esa mañana en la montaña. Sintió otra vez la vergüenza de verse sorprendido por Maxwell en esa situación en la casa de huéspedes, y luego el desprecio, las burlas, las amenazas. Volvió a sentir la presión de cada latido llenándole el cuerpo, ensordeciéndolo, separándolo del mundo. Y se vio a sí mismo preso de la rabia abalanzarse sobre su hermano menor y golpearle la cabeza con una piedra hasta aplastarle el ojo. Y una vez más se dijo a así mismo que era muy joven en ese entonces; que ese había sido su único error; que siempre había velado por su hermano. Pero esta vez tampoco logró convencerse.

Samuel sintió que el peso de la mirada del lince lo hacía reparar otra vez en la situación en la que se encontraba. Lo miró, por un momento, intentando adivinar en qué pensaba y cuánto sabía. Y luego dijo algo, una estupidez, sólo porque era mejor que quedarse callado:

—Entonces el sapo estaba con ellos.

—No, lo engañaron. Pensaba que estaban chantajeando a un tal Wilkinson —Vincent hizo una pausa y metió su pata dentro del abrigo para sacar un sobre de color beige que ofreció al murciélago—. No sirven de mucho —continuó—. Eran sólo parte del circo. Pero pensé que era mejor que las tuviera usted.

Samuel entrecerró los ojos y torció la cabeza. A pesar de la curiosidad no quiso abrir el sobre delante del lince. Lo tomó pero lo dejó sobre una mesa pequeña.

—Fotos y negativos del sapo y la chancha —agregó Vincent.

El murciélago asintió entrecerrando los ojos y levantando las cejas.

—¿Y esta chancha...? —preguntó, unos segundos después.

—Fuera del negocio.

Samuel había querido preguntar quién era, qué hacía; le sorprendió un poco la interpretación del lince y la velocidad con la que respondió. Y eso hizo que se preguntara si no habría algo escondido detrás de esa actitud. Enseguida bajó la vista, asintiendo, porque se dio cuenta de que su expresión revelaba lo que estaba pensando. Miró el sobre y se tomó un tiempo para evaluar la situación. Al final levantó la cabeza para mirarlo a los ojos:

—¿Qué es lo que quiere?

El lince pareció mostrar algo de emoción, por primera vez:

—No voy a recibir mi paga por los medios usuales. Así que pensé que usted podría encargarse de eso —dijo—. La mayoría del asunto está resuelto, sólo queda regresar el collar, y deshacerse del sapo.

—Por supuesto.

Samuel respondió de inmediato. En cualquier otra ocasión habría preguntado cuál era la paga de la que debía hacerse cargo y habría discutido sobre cómo se iba a resolver la situación. Pero esta vez las cosas eran diferentes porque él mismo necesitaba que todo este asunto finalmente concluyera; que de una vez por todas esa herida terminara de sangrar. El lince estiró hacia él un papel con una cifra. Samuel no lo miró, a pesar de tener los lentes puestos.

—Mi mayordomo se encargará de prepararle eso —dijo, y estiró hacia atrás el ala con el papel.

La suricata entró a toda velocidad y se detuvo a unos metros de la pareja para hacer una reverencia. Recogió el papel, hizo otra reverencia, y salió. Ambos quedaron en silencio. Vincent seguía examinándolo sin disimulo. Samuel temía que hubieran quedado algunas cosas pendientes.

—¿Entonces? —dijo.

—¿Entonces? —repitió Vincent.

A Samuel no le pareció que hubiera sorna en el tono del lince.

—¿Es un asunto cerrado?

—Sí —respondió Vincent—, yo diría que sí.

—Muy bien —dijo Samuel, y comenzó a levantarse ampulosamente para dar a entender al lince que debía hacer lo mismo.

Ambos se pararon y estaban a punto de estrecharse las patas cuando algo cayó al piso. Era una pequeña libreta negra. Los dos la observaron. A Samuel le resultaba lejanamente familiar, pero sabía que no le pertenecía. El lince, sin embargo, no parecía dispuesto a recogerla.

—¿Es suya? —le dijo.

Vincent la observó exhalando. Después se inclinó y, todavía sacando aire de sus pulmones, respondió:

—Esa es una muy buena pregunta.

La recogió, la observó detenidamente como si la valorara y la metió en el bolsillo de su abrigo. No se dieron la pata cuando volvieron a quedar frente a frente, sólo inclinaron un poco la cabeza. La suricata entró en ese momento cargando un maletín negro que entregó servicialmente al lince. Vincent no lo abrió, se limitó a dar las gracias y giró hacia la puerta. Samuel lo ob-

servó alejarse por un instante y luego se puso a mirar el sobre
que había dejado sobre la mesa, pero sin pensar realmente en
eso. Sentía una especie de adormecimiento incómodo ahora
que la tensión disminuía.

La voz del lince lo sorprendió.

—Quizás reciba una llamada mía —dijo, desde la puerta,
señalando el bolsillo donde había guardado la libreta—. No es
algo seguro, tan sólo una posibilidad. Si la recibe no se ponga
demasiado nervioso: no voy a jugar la misma carta otra vez.

Samuel demoró en reaccionar. Vincent lo observó unos
segundos más antes de desaparecer tras la puerta.

Samuel permaneció inmóvil, parado en el centro del living,
hasta que escuchó que la puerta de la mansión se cerraba y la
suricata se perdía en el pasillo rumbo a la otra ala de la mansión.
Entonces fue descendiendo lentamente hacia el sillón. Las palabras del lince habían quedado reverberando en su mente, pero no
conseguía asirlas como para poder otorgarles un peso concreto.
Las dejó ir cuando se dio cuenta de que no le importaban.

Sentía una enorme pesadez en los hombros y una somno-
lencia densa avanzaba sobre él aplastándolo y entorpeciendo
sus pensamientos. Se sentó y fue deslizándose en el sillón hasta
que la fisionomía de su cuerpo inerte detuvo el descenso. Y así
permaneció inmóvil con la vista perdida en el jardín que poco
a poco fue haciéndose más oscuro y menos consistente.

Estaba por quedarse dormido cuando la oscuridad de la
noche le regaló una imagen inesperada: por un segundo su
propio reflejo en el vidrio se transformó en algo más, en
algo ajeno y deseado. Samuel observó esa figura y no pudo
evitar transformarla, darle una entidad propia y diferente a
la suya. Y tampoco puedo evitar que la memoria y los sen-
timientos de toda una vida se le vinieran encima. Y quiso

meterse en eso y entenderlo. Encontrar una razón para el absurdo que había abierto una rivalidad irracional y desmedida entre ellos. Algo que le permitiera entender; que le permitiera perdonarse. El foco del jardín se encendió en ese momento lanzando una luz fría y azulada sobre las plantas y disolviendo por completo el reflejo que había terminado de delínearse en el vidrio.

Samuel se quedó contemplando el vidrio por algunos minutos sintiendo que la soledad se deslizaba sobre él como una serpiente lenta, insaciable, y despiadada.

EPÍLOGO

La historia iba así:

Jack el conejo había encendido un cigarrillo y ahora apoyaba la espalda en una de las paredes de piedra del callejón. Llevaba un traje oscuro sobre una camisa blanca y en lugar de corbata una de esas cintas con una perla que estuvieron muy de moda en la época de oro del swing. Eran alrededor de las once de una mañana de primavera; Jack acababa de hacer un trabajo que resultó bastante más complicado de lo que había esperado, y ahora debía aguardar a que le entregaran una maleta. Y era precisamente esa palabra, entregar, la que le daba vueltas en la cabeza y la que repetía, casi sin darse cuenta, mientras observaba el reflejo de los edificios en un charco a la entrada del callejón. No iba a lamentarse, sin embargo, ni a buscar porqués; sabía que las decisiones importantes las había tomado hacía ya mucho tiempo. Lo que iba a suceder ahora era una simple consecuencia. Sí, una triste consecuencia, pero sólo eso; había sacudido los engranajes y ahora simplemente sonarían las campanas. Justo ahora porque por la entrada del callejón asomaba un Lincoln negro lleno de asiáticos.

Jack le dio la última pitada a su cigarrillo y lo arrojó. No lo pisó porque estaba descalzo y no quería quemarse la pata. Separó la espalda de la pared y caminó lentamente para quedar frente al auto que aminoraba para detenerse. Jack analizó la situación: en el auto se veían cinco, a su derecha se abrían dos rampas para la entrada y salida del parking. Eso era bueno, eso le podía servir. Después giró un poco, sin dejar de controlar el Lincoln de reojo, y se puso a observar las azoteas. Parece que había tenido razón después de todo: en uno de los techos había un par más con rifles de mira telescópica y por las escaleras de incendio bajaban más asiáticos a toda velocidad. Jack se preguntó si Boris aparecería. Enseguida se contestó que no. El Lincoln se detuvo pero las puertas no se abrieron. Los de las escaleras de incendio terminaron de descender y lo rodearon. Cuatro contó Jack. Por las rampas del parking aparecieron cuatro más que bajaron de motocicletas. Además estaban los de los rifles que eran dos. Esta vez la situación era demasiado complicada, incluso para él: Jack el gran silente, Jack la furia callada, Jack la calma antes de la tormenta.

Las puertas del Lincoln se abrieron y del auto salieron tres hombres, vestidos de negro y con lentes oscuros. Jack los quedó mirando con bastante curiosidad: hacía mucho, mucho tiempo, que no lidiaba con los llamados seres humanos. Dos de ellos se pusieron a ambos lados del auto; los dos llevaban Uzi. El tercero no tenía arma —o al menos no era visible—; se dirigió a la puerta trasera abrochándose el botón del saco y la abrió. Jack observó, y dijo para sí: "Bingo".

El cuarto hombre bajó sonriendo. Era pequeño, también asiático, y estaba vestido de una forma muy similar a la que estaba vestido Jack —pero esto no se notaba demasiado porque Jack era el doble o el triple de grande, a pesar de ser sólo diez centímetros más alto—; llevaba, además, unos pequeños lentes ovalados de cristales negros. Asintió con la cabeza y caminó hacia Jack escoltado por los hombres armados.

—Finalmente —dijo al detenerse frente al bestial hocico negro de Jack.

Jack sonrió y largó un bufido, una especie de risa entre sórdida e irónica. Ambos quedaron en silencio por un segundo y enseguida parecieron recordar algo, porque llevaron las manos (y patas) a los lados del cuerpo e hicieron una reverencia. El hombre se quitó los lentes para observar a Jack; especialmente sus ojos —enormes y rojos— que parecieron cautivarlo por completo. Jack esperó, sin decir palabra, observando el rostro del hombrecito: era un rostro curtido y seco, con rasgos toscos, bastante arrugado y pálido; un rostro que no tenía nada que lo hiciera particular o importante. Pero Jack no tenía, tampoco, la posibilidad de observar muy seguido estos rostros humanos. Le pareció, al prestar más atención, que la sonrisa no encajaba bien con el resto.

—Supongo que finalmente Boris accedió a hacer negocios —dijo Jack, tras pasarse una pata por las orejas que caían hacia atrás y terminaban en punta por debajo de la línea de la nuca.

El hombrecito no contestó, metió la mano dentro del saco y la volvió a sacar con una cigarrera dorada. Hizo un gesto con la boca a la vez que torcía la cabeza y abría la cigarrera:

—Boris es... —la voz era plana pero enmarcada en una débil cortina de armónicos— en definitiva, un tipo razonable.

Sacó un cigarrillo y lo golpeó contra la cigarrera, luego alzó la vista y le ofreció uno a Jack. El conejo lo rechazó con un mínimo movimiento de cabeza.

—Pero no hablemos de Boris —retomó el hombrecito, escudriñando los ojos de Jack—. No sé cuánto sabe usted de mí, Jack. No le molesta que lo llame así, ¿verdad?

Jack sacudió la cabeza a manera de respuesta y agregó:

—Lo suficiente.

El hombrecito sonrió satisfecho.

—Akira Matsotogatari, la cabeza del clan Fong en toda la zona oeste. ¿Cuántos son ahora? ¿Cuatro estados? ¿Cinco estados?

—Me temo que su información no está del todo actualizada, ya controlamos casi medio país. Pero no es, tampoco, de mí de quien quiero hablar —Akira miró en derredor con cara de desagrado—. Me hubiera gustado encontrarnos en un entorno más agradable; es algo deprimente este lugar.

—No sabría decirle —contestó Jack—, parece que he terminado por acostumbrarme a este tipo de lugares.

—Bien —sonrió Akira—, de eso es de lo que quiero hablarle…

—Disculpe mi impertinencia —dijo Jack—, pero no estoy interesado.

Al escuchar esto uno de los escoltas se adelantó inmediatamente con expresión de furia. Akira, que en ningún momento quitó la vista de Jack, lo detuvo con un gesto.

—¿Ve? —preguntó Akira, retórica y cordialmente—. A esto es a lo que tengo que acostumbrarme —señaló con la cabeza—: tontos sin disciplina ni cerebro. Ni siquiera sabe a quién iba a enfrentarse. ¿Cuánto hubiera demorado usted en matarlo, Jack? ¿Un par de segundos?, ¿menos, tal vez?

Jack no contestó, ni siquiera movió un músculo.

—Ah, humildad —dijo con satisfacción Akira—. Una gran cualidad, sin duda. Señaló hacia adelante, invitándolo a caminar.

Jack siguió la dirección de la mano y observó que quedaban unos cincuenta o sesenta metros antes de que el callejón terminara en un muro alto de piedra; pensó que perdería la ventaja del parking pero no podía darse el lujo de rechazar la invitación. Asintió, llevó ambas patas detrás del cuerpo, sujetando una con otra, y avanzó lentamente. Los hombres de Akira se movieron al instante para formar una especie de cortejo circular alrededor de ellos.

—Sé que podría matarme antes de que uno de mis hombres lograra, siquiera, pensar en llevar la mano al gatillo —dijo Akira—. Pero sé también que no va a hacerlo. He oído mucho sobre usted, Jack. Muchas historias sobre ese terrible conejo negro que destruía cada una de las operaciones en la zona sur. Historias sobre su destreza con el sable; historias en las que vencía desarmado a toda una banda sin siquiera transpirar —Akira se detuvo abruptamente—. Iré al grano, Jack. Sabe que Boris lo vendió; que tengo hombres en toda esta manzana, e incluso en autos a una o dos calles por si acaso —lo miraba a los ojos, tratando de desentrañar los pensamientos de ese enorme y brutal conejo—. Jack, si no acepta trabajar para mi voy a tener que matarlo.

Los ojos serenos de Jack quedaron fijos en los de Akira.

—No quiero parecer descortés, pero se imaginará que he escuchado esa frase unas cuantas veces —dijo Jack.

Akira rió con ganas. No era una risa demasiado aguda pero sí lo suficientemente metálica y estridente como para que el sonido lastimara los oídos sensibles de Jack.

—Esta vez, sin embargo —dijo Akira—, es verdad.

Jack sonrió. Con su pata delantera derecha había accionado un pequeño mecanismo en la manga de su saco: una daga pequeña y triangular apareció en la palma de su pata.

—También he escuchado eso unas cuantas veces —respondió, y con un movimiento de descomunal velocidad le hundió la daga en la garganta.

Jack sabía que tenía menos de un segundo antes de que la escolta de Akira reaccionara. Lo principal era deshacerse rápido de las Uzi; los de las azoteas no abrirían fuego hasta no tener un blanco limpio, y él no iba a darles eso. Retiró la daga con la misma velocidad con que la había hundido, y como si fuera parte del mismo único movimiento deslizó la pata de la garganta a la nuca de Akira y tiró para acercarlo. La primera ráfaga dio de lleno en el pecho del hombrecito que Jack utilizaba como escudo. No hubo segunda: Jack arrojó el cuerpo sobre el primer escolta a la vez que lanzaba la daga hacia el segundo.

—Las Uzi fuera de combate —se dijo, e inmediatamente percibió un sonido sibilante que cortaba el aire justo detrás suyo; se apartó rápidamente. De reojo pudo ver el filo del sable. Jack sabía que vendría una nueva embestida y se anticipó. El movimiento fue veloz y preciso: el atacante falló y perdió el equilibrio; Jack lo hizo girar y caer. Le quitó el sable y se lo clavó en el estómago. Enseguida dio un enorme salto para hacerse con las Uzi que descansaban en el piso. Estiró las patas para tomarlas antes de caer y rodó por el asfalto. Sin tiempo a mirar largó dos ráfagas cruzadas; los hombres de Akira se sacudían al ser impactados por las balas. Enseguida lanzó dos nuevas ráfagas hacia los hombres de la azotea. No confiaba demasiado en el alcance, pero sabía que le bastaba con herirlos, al menos por ahora. Un bramido sonó a su derecha y lo obligó a torcer la cabeza: el Lincoln se aproximaba a toda velocidad. Jack saltó dando un mortal a la vez que vaciaba los cargadores sobre el parabrisas. El auto quedó detenido justo debajo, Jack aterrizó en el techo. Los hombres de Akira formaban un nuevo círculo alrededor.

Jack respiró profundamente tratando recuperar el aire; habían transcurrido diez minutos pero la intensidad los había transformado en horas. Aprovechó ese momento para hacer las cuentas: los escoltas, los de las motocicletas, cuatro más que habían bajado por las escaleras, los francotiradores; faltaba uno. Miró en derredor buscándolo y lo encontró intentando trepar el muro al final del callejón. Jack sonrió por reflejo: había tenido razón en todo lo que había supuesto esa mañana pero no era motivo para alegrarse. Tenía además un corte en la pata, que no era demasiado profundo pero que ardía muchísimo, y una bala le había perforado la oreja.

—Pero, —se dijo para darse ánimos—, sólo falta uno.

Jack soltó las armas, avanzó un par de pasos y recogió el sable que había hundido en el estómago de uno de los escoltas.

Tenía la vista fija en un guardaespaldas musculoso y pelado que intentaba hacer calzar sus mocasines en las hendiduras del muro de piedra. Avanzó hacia él lentamente, deslizando la punta del sable por el suelo. Cuando el guardaespaldas lo vio sacó una Beretta y le apuntó. Jack se detuvo, flexionó las rodillas e irguió el sable. El hombre miró en derredor buscando otra salida pero no la encontró. Jack llevó su otra pata a la empuñadura del sable y continuó avanzando. Eso pareció ponerlo más nervioso porque dejó de apuntar y volvió a intentar con el muro. Y también a resbalarse. Detrás suyo Jack seguía avanzando. El guardaespaldas giró y volvió a apuntar, y esta vez apretó el gatillo. Jack saltó. Dio un mortal pero en lugar de caer parado lo hizo sobre el abdomen para esquivar una segunda bala que ya había sido disparada. Inmediatamente se paró y comenzó a correr hacia él.

Para el tercer disparo el guardaespaldas ni siquiera estaba seguro de dónde estaba el conejo; de repente lo veía aparecer a su izquierda, o a su derecha; le parecía que se deslizaba por la pared o que incluso flotaba. De lo que sí estaba seguro, y eso no le resultaba nada tranquilizador, era que a cada disparo aparecía más cerca. Todavía le quedaba una bala en el cargador cuando sintió un violento ardor en el pecho. Antes de morir tuvo la oportunidad de escudriñar los abismales ojos de la bestia que erguía un sable manchado de sangre fresca.

—El último —se dijo Jack—, pero más en camino.

Por primera vez, en esa larga mañana, Jack se equivocaba: nadie vino, nada se movió. En lugar de eso se sintió atravesado por una violenta ráfaga de hastío; de un momento a otro se vio abrumado por una serie de pensamientos que cuestionaban cada una de sus acciones; cada cosa que había hecho; cada cosa que había sentido o pensado; todo lo que él era. No podía comprender, no terminaba de asimilar. Levantó la vista y le pareció ver que el callejón temblaba y se deshacía, como si nunca hubiera sido más que una neblina; como si nunca hubiera sido otra cosa que un escenario falso; una pintura sobre una tela imaginada. Sintió que perdía la fuerza y la convicción. Lo único que atinó a pensar fue que debía salir del callejón. Pero caminaba torpemente, trastabillaba y tropezaba con cuerpos que le parecían de plástico. ¿Había visto una tabla de madera lustrada en lugar de cemento? Jack se estremeció cuando se dio cuenta de que el Lincoln tenía el parabrisas intacto, y de que parecía tosco, carente de detalles. Entonces las cosas se pusieron peor: ya no estaba en el callejón. No sabía cómo pero se había desplazado del callejón a un gigantesco apartamento en un edificio alto. Casi se le paraliza el corazón cuando vio que el Lincoln se había desplazado con él. ¿Qué demonios estaba pasando? Quiso salir también de ese lugar pero sus movimientos eran ahora mucho más torpes. Cada vez se sentía más entumecido y le era más difícil pensar. Dio un paso y perdió la vertical. No pudo volver a levantarse. ¿Lo habrían envenenado? El Lincoln ahora parecía más pequeño que él y Akira estaba tirado a su lado, sin sangre, y con una rodilla doblada en la dirección contraria. Sí, se dijo Jack. Lo habían envenenado. Aún no se daba cuenta cómo, pero estaba seguro de ello. Ese pensamiento le hizo recuperar un poco de claridad, aunque su cuerpo seguía igual de torpe: sentía que había perdido para siempre la capacidad de andar en dos patas; además, no podía evitar que su pensamiento fuera interrumpido a cada momento por una obsesiva necesidad de alimento y protección.

Seguramente no sería un veneno mortal, pensó, sino algo que bastara para atontarlo por un buen rato y subirlo hasta ahí, y sujetarlo como lo tenían sujeto ahora, y deslizarlo a través de una ventana, y soltarlo, y que todo pareciera un accidente. La droga lo había trastornado de tal forma que se imaginaba que estaba siendo sujetado por un niño en medio de un cuarto lleno de juguetes. De repente una enorme puerta se abrió tras ellos y se oyó un grito:

—¡Dios mío!, ¡¿qué estás haciendo?!

Jack quiso decir algo pero no pudo. Una voz infantil respondió por él.

—Mirá: lo atraparon y lo van a matar.

—Pero ¿será posible?, ¿por qué haces estas cosas? Tenés todos los juguetes ahí. ¿Por qué no jugás con eso?

—Me aburren, es siempre lo mismo.

—No me importa, quiero que sueltes a ese conejo ahora mismo.

Ambas manos seguían fuera de la ventana del décimo piso. El niño obedeció.

Un día de los mil demonios.

I

Joe, Mighty Joe, Joe el bucanero, secaba un vaso metiendo media mano dentro con un trapo, por cierto, bastante sucio. Secaba el vaso y miraba con su ojo sano hacia el televisor que mostraba un torneo de dardos. Mientras que el otro había comenzado posándose sobre una de las fotos enmarcadas —el propio Joe sosteniendo un pez espada de metro y medio— y ahora se deslizaba por las solapas de la campera de cuero de Bernard, que empezaba a ponerse nervioso. Bernard lo conocía desde hacía mucho tiempo pero no por eso dejaba de inquietarse cada vez que el ojo muerto de Joe le caía encima. Era algo que no conseguía tolerar de ninguna manera y que lo llevaba a buscar cualquier excusa para mirar hacia otra parte. Esta vez, por fortuna, el día era luminoso así que no resultaba del todo extraño que girara en el taburete para mirar hacia afuera por sobre las pequeñas puertas batientes sin demasiado interés, claro está. La casualidad hizo que en ese mismo momento las puertas se agitaran.

—¿Qué hay, Eddie? —saludó Bernard.

Eddie era un osito de peluche de cuarenta centímetros que entró al bar golpeando la puerta batiente con su pata en alto; llevaba unos vaqueritos celestes arremangados, un chaleco negro, y un pañuelo rojo en el cuello. Fumaba, caminaba chuequeando, y estaba visiblemente molesto.

—No preguntes —contestó—; un día de los mil demonios.

Joe lo saludó con un gesto y vio como el osito desaparecía tras la barra. Tuvo tiempo de secarse la mano, pasándola por la musculosa grasienta, antes de que Eddie reapareciera trepado a un taburete.

—¿Qué te pongo, Eddie? —preguntó Joe.

—Un escocés doble.

Joe asintió y se dio vuelta. Dejó el vaso que había estado secando y se estiró para alcanzar una de las botellas. Joe era un tipo realmente gordo, pero además lo era de una forma bastante particular porque su cuerpo solía acumular grasa privilegiando ciertos lugares y evitando otros. Esto hacía que tuviera una gran papada, los cachetes inflados, la nariz redonda, un estómago y trasero enormes pero un cuello extremadamente delgado (el pecho también era algo desproporcionado pero en el conjunto pasaba casi desapercibido). Que demorara en lograr algo tan simple como tomar una botella de un estante, con un cuerpo así, no era tan sorprendente.

—¡Mierda! ¡Mierda! —refunfuñó Eddie.

Bernard torció la cabeza para mirarlo.

—¿Qué pasa, Eddie? —preguntó.

—La maldita billetera, no la tengo.

Esa respuesta hizo que Joe, que finalmente había conseguido tomar la botella, volviera a estirarse para dejarla en su lugar. Eddie era también un antiguo cliente pero Joe tenía sus reglas y estas eran inquebrantables.

—Está bien, corre por mi cuenta —dijo Bernard, apoyando el índice sobre el barniz de la barra y mirando al ojo sano de Joe.

—No —contestó Eddie, de mala manera, pero enseguida se dio cuenta y se enmendó—. Oye, gracias. Pero de cualquier manera tengo que ir a recuperarla. Espero haberla olvidado en el trabajo.

—Está bien, muchacho —respondió Bernard, con parsimonia.

—Maldito, maldito día —balbuceó Eddie, descendiendo del taburete.

Joe vio que Eddie volvía a desaparecer tras la barra y luego lo vio estirando una pata para hacer sonar la puerta batiente al salir.

—Endemoniado calor —dijo Joe, pasando ahora el trapo por su pelada.

—Sep.

II

Los resortes de la puerta sonaban ahora violentamente. Joe quitó por un momento el ojo del televisor para observar quién entraba: eran tres. El primero era bastante grande, alto, gordo, y con un largo delantal azul que apestaba a pescado. Era pelado y tenía los brazos, que eran enormes, llenos de tatuajes y cicatrices. También tenía una cicatriz que le surcaba la frente. Le decían Quinn, el esquimal. No era un buen augurio que entrara, por más que lo hiciera riendo: Quinn y Eddie habían tenido algunos roces en el pasado que no habían quedado, precisamente, en el pasado.

Con Quinn venía un tipo bastante petiso, también de musculosa y delantal. Era casi más ancho que alto y en este caso no se trataba de gordura. Parecía uno de esos gimnastas o levantadores de pesas que Joe había visto en la televisión. Era asiático —de qué parte imposible saber—; su tez era notoriamente amarilla, llevaba el pelo engominado y peinado hacia el costado, y un bigote delgado y largo que caía a los costados de la comisura de los labios. Joe no lo conocía. El último no parecía venir con ellos; parecía simplemente haber coincidido en el momento de entrar. Era una mole humana con la cabeza rapada, espesa barba candado, y cara de estreñimiento. Bernard lo miró atentamente porque parecía un motociclista —estaba vestido como uno— y él conocía a casi todos los motociclistas de la zona, la región, y podría incluso decirse que también a los de más allá. Pero no logró reconocerlo y eso era algo que le resultaba extraño. Lo siguió con la vista mientras se sentaba en una mesa debajo y casi detrás del televisor, y se quedó un momento observando uno de los parches que llevaba en el chaleco. Después volvió a girar y a preocuparse por su trago porque mirar a un tipo así por mucho tiempo no era la cosa más inteligente que uno podía hacer.

Mientras tanto Quinn y el asiático se habían ido a sentar al extremo opuesto de la barra. Seguían riendo y en medio de una conversación que parecían haber empezado bastante rato antes. Se notaba, sin embargo, que estaban algo tensos. Sobre todo Quinn, que se hamacaba en el taburete y se rascaba la cicatriz de la frente con la uña del pulgar a la vez que con el rabillo controlaba todos y cada uno de los movimientos del bar. A Bernard le parecía que estaba algo tenso pero al mismo tiempo controlado; que levantara abruptamente el brazo y preguntara de mala manera si era que ya no servían en ese lugar lo sorprendió completamente. Joe giró para mirarlo adrede con su ojo malo. Después caminó lentamente, dejó el vaso que había estado limpiando detrás del mostrador, y dijo:

—¿Qué hay? —alzando un poco el mentón mientras lo decía.

—¿Qué hay? —preguntó Quinn, riendo—. Sed, eso es lo que hay —y volvió a reír, y también rió el asiático.

—Escucha Quinn, no quiero problemas.

—¿Que estás diciendo, viejo? —la voz de Quinn era ahora más grave y amenazante; se había parado, incluso, para decirlo.

La tensión creció rápidamente pero no duró: luego de un corto silencio Quinn cambió la expresión. Relajó la frente y la boca, casi al punto de sonreír, y agregó en tono cordial mientras regresaba al taburete:

—Oye, venimos a buscar bebida, no problemas.

Joe lo quedó mirando, moviendo suavemente la cabeza para alternar de ojo, y al fin les preguntó qué iban a beber.

Quinn rió codeando al asiático.

Bernard seguía concentrado en su vaso; había tomado una de las tirillas de plástico para revolver la bebida que Joe tenía detrás del mostrador y ahora la hacía girar formando un pequeño torbellino de hielos y whisky. Había algo que, tímidamente, lo perturbaba. Pensó que quizás fuera por el parche del supuesto motociclista; por no poder recordar dónde lo había visto antes. O tal vez pudiera ser por el regreso de Quinn. Pero ninguna de las dos hipótesis lograba convencerlo. El parche no podía ser demasiado importante y Quinn no tenía oportunidad contra Eddie. Además ya había pasado demasiado tiempo como para que quisiera intentar algo. Debía reconocer que le había provocado cierto recelo la compañía con la que se había presentado, pero bueno, imaginaba que Quinn no tendría las agallas para volver solo. No era eso ni lo otro pero era algo y le resultaba frustrante no saber exactamente qué. En ese momento el resorte volvió a sonar débilmente y Bernard giró un poco el cuerpo para ver cómo se iba a presentar la situación, porque ya imaginaba quién estaba entrando.

Conocía a Eddie y sabía que era un tipazo, así que no se asombró al ver que el osito entraba largando una espesa nube de humo sin sorprenderse o preocuparse al ver a Quinn o al asiático en el extremo de la barra. Sí, el osito entró, los vio y simplemente siguió caminando con su andar chueco y resuelto. Luego se trepó a un taburete, estiró una pata, y acercó uno de los ceniceros de vidrio.

—¿La encontraste? —preguntó Bernard, señalando con el mentón hacia el otro extremo de la barra, en un gesto que era a la vez de advertencia y de ofrecimiento.

Eddie asintió levemente, mirándolo de reojo, como para confirmarle que había visto a Quinn y que agradecía la ayuda ofrecida pero que no sería necesaria. A Bernard no le sorprendió, sabía que a Eddie no le gustaba involucrar a nadie en sus problemas; mucho menos a amigos. Joe se acercó en ese momento, se notaba que la situación le molestaba y preocupaba.

—¿Qué te pongo? —preguntó, tratando de sonar sereno.

—Escocés doble —le contestó el osito, sin mirarlo.

III

Eddie había sujetado fuertemente el vaso con las dos patas y lo sacudía haciendo que algunas gotas saltaran y mojaran su pelambre. Por alguna razón prefería hacer esto en lugar de revolverlo; primero lo sacudía y, después, cuando sentía que los hielos habían agregado el agua suficiente, daba un trago corto y apoyaba rápidamente el vaso en la barra —tan rápidamente que parecía dejarlo caer— para inmediatamente secarse, con un único y largo movimiento de su pata, el hocico. En alguna que otra ocasión alguien había reído al ver al osito comportarse de esa manera. Ya nadie lo hacía. Eddie bebía ahora lentamente siguiendo el horizonte lejano en el que se fijaban esos pequeños ojos pardos; bebía con tranquilidad, en silencio y, hasta casi podría decirse, en ausencia.

Bernard, mientras tanto, había tenido que girar nuevamente porque el maldito ojo de Joe se había vuelto a posar en él. En esta ocasión, antes de detenerse en el espacio libre sobre la puerta batiente, su vista se había deslizado sobre el supuesto motociclista que seguía sentado en la mesa bebiendo una cerveza liviana. Había sido una mirada fugaz pero suficiente como para notar un par de detalles que maduraban ahora en su mente: por una parte tenía la impresión —vaga impresión—, de que había estado mirando a Eddie, estudiándolo de reojo; por la otra, y de esto no tenía la más mínima duda, las botas que llevaba —unas deportivas negras— no eran las que usaría un motociclista; en todo caso se parecían a las que usan los luchadores para entrenar. Bernard sacudió la cabeza ante sus propias conclusiones y dejó escapar lentamente la esperanza de que el día volviera a su cauce normal. Iba a dar un último trago pero se arrepintió —sabía que un trago no iba a hacer la diferencia pero un error a causa del alcohol era algo que no se iba a poder perdonar jamás—. Alejó el vaso, se rascó la barbilla, y observó a Eddie, atentamente. Ya sabía la respuesta pero, qué más daba, valía la pena intentarlo:

—Eddie, tengo que ir a ver un Indian '39. Un tipo viejo la está vendiendo, parece estar bien —Bernard parecía estar hablando de motos, pero en realidad estaba diciendo algo muy diferente; algo que iba más o menos así: escucha, los dos sabemos cómo va a terminar esto, no tienes que probar nada. Sabes que voy a estar a tu lado, pero no creo que valga la pena.

—¿Una Chief? Buena moto —respondió Eddie, como diciendo: entiendo lo que quieres hacer y lo aprecio, pero…

—Oye, ¿por qué no vienes conmigo? —preguntó Bernard, en realidad diciendo: no te estoy pidiendo que huyas, pero son tres y parecen bastante grandes.

—Parece una buena idea —respondió Eddie—. Pero estoy aquí con mi trago y no tengo muchas ganas de moverme. Podrías ir y luego contarme que tal está —lo que Eddie decía para finalizar la conversación era: ya sabes que me gusta pelear mis propias batallas y nadie va a moverme de aquí. Pero sería mejor que te fueras porque no quiero meterte en mis problemas.

—No…—dijo Bernard—. Es verdad; mejor terminar el trago e ir más tarde.

Eddie no contestó, y Bernard torció para ver cómo seguían las cosas en el otro extremo de la barra. Empeoraban: Quinn y el asiático habían pedido una nueva ronda de tragos y el volumen de la conversación y las risotadas iban creciendo. De vez en cuando, además, miraban a Eddie con desprecio. Joe notó esto también, o algo muy parecido, y quiso ponerle remedio a la situación.

—Los últimos —les dijo, a la vez que apoyaba los vasos con algo de brutalidad y los miraba a los dos con el ojo malo.

Quinn se apuró a contestar.

—¿Te estás quedando sin whisky, viejo? —dijo—. ¿Tan mal anda el negocio? —y se rió—. No, pero mira, ahí queda una botella casi completa. Ese ojo tuyo cada vez anda peor.

Joe giró y les dio la espalda; sabía que había sido lo suficientemente claro y que no había necesidad de explicar nada más.

—¡Eh! —gritó Quinn—. ¿Qué mierda te pensás que estás haciendo?

Joe torció la cabeza y lo enfocó con su ojo bueno; su rostro mostraba una débil inquietud, pero nada más.

—No me des la maldita espalda, viejo, te estoy hablando.

—Te dije, Quinn, te dije que no quería problemas.

—Bueno… Parece que te los estás buscando.

Bernard levantó los brazos de la barra, los pasó por detrás de la cabeza y se puso a mirar el techo dando un largo suspiro. Eddie seguía sacudiendo el vaso, aunque ahora más suavemente, para que el hielo se deshiciera; parecía concentrado en eso. Joe pareció dudar por un momento pero la velocidad con la que estaba secando el vaso anunciaba lo que estaba por venir. De un momento a otro arrojó el vaso dentro de la pileta —estaba llena pero aún así se escuchó el sonido inconfundible del vidrio al quebrarse—, y sacudió el trapo con el brazo en alto:

—¡Ya, lárguense! —gritó, visiblemente enojado, y enseguida se inclinó para tomar un nuevo vaso de la pileta.

Quinn no le dio tiempo: se estiró rápidamente y con una mano lo sujetó por la nuca. Lo tomó por sorpresa. Joe reaccionó tarde, ya con la cabeza apresada contra la madera de la barra. Desde esa posición era poco lo que podía hacer: gruñir y sacudirse como si fuera un pez fuera del agua; uno al que el oxigeno se le acaba rápidamente. Cuando Joe dejó de moverse pudo escucharse la risita irónica de Quinn:

—Parece que se te fue lo valiente, ¿eh?

El comentario provocó una nueva serie de sacudidas, un poco más violentas pero menos duraderas que las anteriores. Quinn y el asiático rieron. En el otro extremo de la barra Eddie terminaba de beber y luego de dejar el vaso se pasaba, cuidadosamente, la pata por el hocico.

—Nos falta una manzana —dijo Quinn, intentando parecer despreocupado pero la cicatriz en la frente se le había llenado de sangre y ya no podía contener un temblor mínimo pero intenso que le comenzaba a ganar el cuerpo— para calzarle en la boca.

El asiático largó una carcajada tosca y gutural, que sonó completamente desproporcionada, buscando complicidad, pero no la obtuvo. Eddie había trepado a la barra sin ser percibido y arqueaba la espalda para aflojar los músculos. Cuando al fin Quinn lo vio quedó inmóvil. El osito avanzó por la barra y se inclinó ante la cabeza del dueño:

—Joe, pareces incómodo, ¿estás bien?

Joe no pudo contestar ni una palabra y Quinn apenas alcanzó a balbucear:

—Pero... quien, mira...

Se notaba que había preparado una especie de discurso para la ocasión pero ahora no parecía ser capaz de articularlo. Eddie alzó la vista y lo quedó mirando; no se adivinaba ninguna emoción en sus ojos. Mientras tanto el asiático había aprovechado para llevar su brazo derecho al bolsillo frontal del delantal del que ya asomaba un mango de madera, y el supuesto motociclista, con mucho disimulo había apartado la silla de la mesa y ya adelantaba una pierna. Bernard había observado todo esto con suma atención:

—Era sólo cuestión de tiempo —se dijo.

IV

Sucedió todo muy rápido: Eddie le pedía a Quinn que soltara a Joe cuando el asiático se abalanzó sobre él con una enorme cuchilla rectangular de las suelen utilizar los carniceros. Eddie reaccionó rápidamente tirando de la mano que Quinn utilizaba para sujetar la cabeza de Joe. El movimiento lo hizo perder el equilibrio y chocar con el asiático que tambaleó y dejó caer su cuchilla. El osito se apuró a sacar su navaja del bolsillo y antes de clavarla en la mano del asiático la hizo girar en el aire, disparando filosos y violentos reflejos metálicos.

Y mientras todo esto sucedía, un estruendo que mezclaba maderas y acero había explotado tras ellos con una violencia increíble. Bernard había quebrado un taburete en la espalda del supuesto motociclista que estaba ahora tendido en el piso y se llevaba una mano a la espalda. Eddie lo miró, para asegurarse de que todo estaba bien y luego regresó la vista a Quinn:

—Bueno, parece que vamos a ser sólo nosotros.

Quinn dudaba: miraba al asiático que gritaba e intentaba liberar su mano de la navaja, al supuesto motociclista que estaba tendido en el piso, y miraba su propia mano que sujetaba la enorme cabeza de Joe. Dudaba y maldecía, y los ojos se le iban cargando de furia; y los labios le temblaban; y veía a Eddie jugar con la enorme cuchilla de carnicero que el asiático había dejado caer; y quería que su decisión fuera otra, pero al fin su mano se abrió y Joe cayó hacia atrás.

Quinn siguió mirando con furia los ojos de Eddie mientras luchaba por quitar la navaja de la mano del asiático. Los siguió mirando mientras ayudaba al supuesto motociclista a levantarse y, aún fuera del bar siguió mirando los ojos de Eddie, grabados en su mente, y maldiciéndose por no poder hacer nada.

Eddie y Bernard se observaron en silencio por un momento. Después Eddie agradeció con un gesto que Bernard desestimó, porque no había nada que agradecer. Eddie le preguntó a Joe si estaba bien. Joe asintió y Eddie le dijo que lo sentía.

—Está bien, Eddie —respondió Joe—. No es tu culpa. Pero, oye, sería mejor si no vinieras por aquí por un tiempo.

La respuesta de Eddie sonó distante y carente de emoción:

—Sí, está bien.

Bernard levantó lo que quedaba del taburete e intentó apoyarlo contra la barra. No funcionó, estaba demasiado deshecho. Se balanceó y volvió a caerse. Eddie desanudó el pañuelo que tenía en el cuello y lo utilizó para limpiar su navaja. Después la guardó, junto con el pañuelo, en el bolsillo trasero del vaquerito celeste, y volvió a tomar la cuchilla del asiático.

—Eh, Bernard —dijo y le lanzó la cuchilla.

Bernard flexionó las rodillas a la vez que la atajaba con ambas manos. Luego la tomó por el mango y la observó con cuidado. A Bernard no le gustaban las armas de ningún tipo, pero le gustaba cocinar de vez en cuando. Sacudió la cabeza como sopesando y calzó el mango en el cinturón escondiendo la hoja dentro de su campera.

—Vamos —dijo.

Eddie asintió.

Afuera el día era aún luminoso a pesar de que estaba ya cayendo el sol. La brisa era suave y cálida, y la noche prometía ser clara y hermosa. Eddie y Bernard caminaron sin prisa atravesando la vereda y se detuvieron frente a un par de motocicletas. Eddie metió su pata en el bolsillo del chaleco para sacar un llavero con una única llave.

—Bueno —dijo, e hizo una pausa mirando hacia el puerto—. Gracias de nuevo, nos vemos mañana —y se acercó para estrecharle la mano.

Bernard se inclinó para sacudir la pata de su amigo

—Escucha, Eddie, esto me da mala espina ¿Por qué no desapareces por un tiempo? Tú sabes… Visitas a Frank en Wentworth, o ruedas hasta San Francisco. Yo podría acompañarte.

Eddie sacudía la cabeza y levantaba una pata.

—Escucha, sé que son sólo unos payasos —retomó Bernard—, pero todo esto me está dando mala espina.

Eddie había dejado de sacudir la cabeza y tenía la vista perdida en un poste de madera, de los que sostienen los cables telefónicos, en el que brillaba un borne de cobre, a doscientos o trescientos metros.

—Eddie… —dijo Bernard, pero se calló porque sabía que no tenía sentido seguir hablando; no iba a convencerlo. Eddie jamás había huido de nada y no iba a comenzar ahora.

—Te veo mañana, muchacho —dijo Bernard, al fin.

Eddie le sonrió y se puso a caminar rumbo a una Harley Davidson amarilla con una horquilla tremendamente larga, un gran entramado de hierros que alargaban los pedales, y un par de rueditas extra a ambos lados de la rueda trasera. Tomó el casco que colgaba del asiento —un pequeño casco granate de fútbol americano que tenía una garra blanca pintada a ambos lados— y trepó ágilmente a la motocicleta. Eddie presionó un botoncito con su pata mientras terminaba de calzarse el casco. El motor largó un quejoso zumbido, agudo y metálico, antes de bramar con violencia. Tras un par de movimientos de las patas del oso la moto salía velozmente hacia la autopista. Bernard lo despidió estirando un brazo y se quedó mirándolo hasta que lo perdió de vista. Entonces se puso a andar hacia su moto.

V

El viento sacudía el pelo artificial que recubría las patas de Eddie. La autopista estaba vacía y a ambos lados la vista era maravillosa: largos campos hostigados por la arena de un desierto que amenazaba con extender su manto de ausencia. El sol caía en el horizonte y producía en el asfalto reflejos brumosos. El motor de la Harley dominaba el aire retumbado como las aspas de un enorme helicóptero. Eddie sacudía su pata para calzar un nuevo cambio y luego aceleraba. Deslizaba los ojos por la enorme serpiente de concreto viendo como la rueda delantera devoraba las líneas blancas, la rugosidad del asfalto, kilómetros y kilómetros. La autopista lo encantaba, lo sumía en un trance cálido y confortable; quizás por eso no haya reparado en la camioneta que aguardaba en una intersección de tierra: una Ford amarilla con el baúl blanco y descascarado que sin duda le hubiera resultado familiar. Una camioneta que se metió en la autopista y aceleró tras un Eddie ausente.

Eddie movió el interruptor para encender el faro delantero pese a que todavía no era necesario: el sol ya había desaparecido pero aún quedaba un buen resto de luz. En ese momento notó en el retrovisor que una camioneta se acercaba a gran velocidad. Eddie se concentró en el espejo y se dio cuenta de que era la camioneta de Quinn; el asiático estaba tras el volante pero parecía estar solo. Eddie aceleró para perderlo en una cuesta. El motor de la Harley rugió y comenzaron a crecer en frecuencia los retumbantes golpes de las aspas. Miró por el espejo y vio que la camioneta intentaba acercarse. Se imaginó que las cosas se iban a poner mal pero no fue hasta que regreso la vista al frente que se dio cuenta de lo que realmente estaba sucediendo: un sedán negro con placas de otro estado esperaba detenido del lado contrario: el supuesto motociclista del bar estaba tras el volante, y Quinn asomaba a través de una de las ventanas traseras con un rifle.

Otra vez sucedió todo muy rápido: la explosión se deslizó cortando el sonido del motor. La bala golpeo el cuerpo del osito lanzando pequeños trozos de polyfoam por el aire. Eddie cayó. La moto se deslizó unos cuantos metros sobre su costado derecho. El auto aceleró y la camioneta se detuvo después de dibujar un semicírculo.

El silencio se hizo lento y profundo. No sólo no había nada, sino que nada parecía posible. Quizás la eternidad fuera eso mismo. Pero quién sabe; es difícil confiar en uno mismo en situaciones así.

Bernard apresaba la furia entre los párpados y con los dientes. Había tenido razón en todo: jamás recuperó la tranquilidad perdida y Eddie debió haberlo escuchado. Claro que en ese momento, mientras su Indian se acercaba a toda velocidad al cuerpecito que yacía en el asfalto, no era a Eddie a quien le recriminaba. Bajo una clara noche de luna llena Bernard detuvo su moto y se bajó maldiciéndose por no haber seguido sus instintos. Se acercó rápidamente a Eddie y le llamó. No hubo respuesta; acercó su oído y escuchó que el osito jadeaba.

—Vamos, Eddie, no es tiempo de irse —pidió.

Pero la mente del peluche no estaba en la autopista: había emprendido un violento viaje al pasado y ahora le mostraba al osito un cuarto de paredes rosas, de cortinas de flores, y adornado con delicados almohadones; y por la ventana de ese cuarto entraba un espléndido sol de verano que reflejaba en el cabello rubio de una niña que lo miraba con unos enormes y emocionados ojos celestes.

—Oh, Eddie, ¡cuánto te quiero, cuánto te quiero! —decía con dulzura la voz que brotaba de los labios hermosos de la niña—. Oh, Eddie, eres mi favorito. Siempre estaremos juntos, siempre.

Y Eddie se perdía en esos recuerdos que se sucedían casi idénticos, plenos de ternura y calidez. Abrazos, muchos abrazos, y cuentos, y tomar el té sin que hubiera agua en las pequeñas tazas de plástico, y contemplarla cuando dormía, y cuidarla cuando estaba enferma. Pero luego en la mente de Eddie algo se oscureció y el cuarto se hizo frío y distante. Y Eddie se vio abriendo una ventana y despidiéndose de la niña dormida; convenciéndose de que las cosas serían mejor así; de que ambos necesitaban crecer, y de que había un mundo que lo esperaba ahí afuera. Y luego el sonido del viento devoró los jadeos del osito y Bernard buscó afligido los ojos de Eddie, y le parecieron vacíos.

Luego también pensó que siempre le habían parecido así.

CARTER
(EL TIPO AL QUE LLAMABAN CARTER)

Carter (el tipo al que llamaban Carter) estaba atado a una silla debajo de un potente foco en un sótano de paredes, piso, e incluso columnas, de madera. Ya no llevaba saco y la camisa, que había perdido ya unos botones, tenía grandes manchas rojas provocadas por la sangre que le caía de la nariz, de la boca, y de un corte especialmente profundo sobre el arco de la ceja derecha. Carter (el tipo al que llamaban Carter) estaba atontado, agotado y en una situación bastante fea; sobre todo por las personas que lo acompañaban, que eran tres. El primero era negro alto y grande, de pocas palabras y mirada ausente. Vestía un traje oscuro y una camisa negra abotonada hasta arriba pero sin corbata. Llevaba un afro voluminoso y una cuidada barba que formaba un complejo dibujo en las patillas y alrededor de los labios. Resultaba tremendamente intimidante pero no le había dado a Carter (el tipo al que llamaban Carter) más que un par de golpes con el dorso de la mano sin demasiado empeño ni fuerza; y enseguida se había ido a sentar en una silla recostada sobre la pared izquierda. El segundo era grande también pero al no ser tan alto resultaba más bien gordo. Fumaba apoyando un hombro contra la pared, y se pasaba la mano por el pelo. Lo llevaba corto y levemente ondulado. Tenía la cara ancha y las mandíbulas pronunciadas. Vestía un pantalón celeste y una camisa blanca remangada. Parecía no tener pera y ser italiano.

El tercero era el importante: una masa lampiña y gelatinosa de grasa blanca y reluciente embutida en un traje celeste cruzado que parecía ser más ancho que largo. Carter (el tipo al que llamaban Carter) lo había observado un par de veces levantando un poco la cabeza y la automática expresión de rechazo que se había formado en su rostro le había valido un par de golpes extra. Es que el jefe era, cuando menos, chocante: estaba tan gordo y con la piel tan tirante que parecía que iba a explotar en cualquier momento; no tenía casi movilidad debido al sobrepeso por lo que todos sus movimientos resultaban toscos, grotescos y desagradables; y los gestos resultaban toscos, grotescos y desagradables; e incluso cuando no hacía nada resultaba tosco, grotesco y desagradable. Además fumaba todo el tiempo —en la derecha llevaba un puro interminable—, y comía todo el tiempo —en la izquierda llevaba un embutido renovable—; y transpiraba todo el tiempo, y despedía un olor que era como una mezcla de queso, sebo, grasa y pies. Carter (el tipo al que llamaban Carter) casi había agradecido los puñetazos que le atontaron los sentidos.

El tercero, el importante el gordo, el jefe, se había dirigido hacia el fondo del sótano, en parte a buscar una silla y en parte para quitarse de encima el enojo que le había provocado la promesa de uno de sus hombres —el italiano—, de quitarle a Carter lo gracioso a golpes. ¡Pero si no había asomado en la voz de Carter ni la más mínima señal de sarcasmo! Eran esos automatismos los que lo enfadaban: esa falta de atención a los detalles, eso de que diera igual hacer una esto o aquello, lo que lo sacaba de quicio. Cada vez que sucedían este tipo de cosas se sentía solo, muy solo; y no era raro que planeara una buena reprimenda.

Había tomado una silla, sacudido un poco la cabeza, y ahora que sentía que la energía que había destinado al enojo se encauzaba nuevamente, volvía balanceándose con la rara gracia de una ballena que, por un raro salto evolutivo, de un momento a otro, se hubiera visto forzada a ganarse la vida haciendo ballet en tierra firme. Cuando llegó a una distancia que consideró prudente posicionó la silla frente a Carter (el tipo al que llamaban Carter) y comenzó una serie de maniobras que tenían por fin acomodar su enorme culo en la pequeña base de madera. A Carter (el tipo al que llamaban Carter) le resultó una imagen fantástica y fascinante. Por un momento incluso llegó a decirse que al menos había podido ver algo que no se veía todos los días. Hasta hace unos momentos había pensado en llamarlo Moby, por la ballena, o incluso Dick, pero ahora, al verlo sentarse, se le había ocurrido que más se asemejaba a alguna especie extraña de tortuga gigantesca que en lugar de una caparazón rígida tuviera una tremendamente blanda porque al sentarse la enorme bola que formaban el tronco y el abdomen del gordo se había mantenido en el mismo lugar y habían sido la cabeza y las extremidades, las que se habían acomodado a la nueva posición —hundiéndose incluso, perdiéndose dentro de toda esa grasa—. Era fascinante, sí, pero no algo agradable de ver. Carter (el tipo al que llamaban Carter) tuvo la fortuna de que el jefe no aguantó mucho sentado —quizás temiera que la cabeza se perdiera irremediablemente dentro del caparazón—. Trabajosamente se hamacó en la silla hasta que ambos pies impactaron en el piso casi al mismo tiempo. A Carter (el tipo al que llamaban Carter) le pareció que tenía algo de proeza esa forma de pararse; tanto así que se encontró a sí mismo felicitándolo con un gesto.

El jefe avanzó y se detuvo lo bastante cerca como para que Carter (el tipo al que llamaban Carter) pudiera agregar mentalmente crema agria y basura a la mezcla de olores. Desde esa posición lo miró por un rato y luego estiró en la boca algo que parecía ser una sonrisa. Una sonrisa que fue deformándose lentamente para mostrar algo de incomodidad y de búsqueda. El jefe volvió a mirar la silla, luego miró en derredor —lo que hizo que los otros dos tipos adquirieran una postura más formal, como de servicial alerta—, y por fin hizo un gesto con la mano para que el italiano trajera otra silla y la ubicara junto a la anterior. El italiano respondió con velocidad y al dejar la silla en el lugar indicado hizo un comentario; algo así como—: Ahora está lleno de esta mierda de sillas de juguete, ¿eh, jefe?

Iba a seguir diciendo cosas pero el jefe lo detuvo con un gesto de desaprobación. Después se sentó, abriendo y estirando las piernas, usando ambas sillas como soporte. Dio una larga pitada al puro, y exhalando el humo dijo:

—Pues sí, Carter.

La voz del gordo era aguda y débil; excesivamente aguda. Y además estaba plagada de oscilaciones; como si por momentos se ahogara en la garganta. Carter (el tipo al que llamaban Carter) levantó la cabeza, sorprendido, porque había esperado que el gordo, el jefe, tuviera una voz grave y reverberante; lo miró con descrédito.

—Já —río el gordo, tosiendo sobre la acentuación—. ¿Sorprendido?

Carter (el tipo al que llamaban Carter) estaba sorprendido sí, pero no iba a afirmarlo; enseguida se le ocurrió que hablaban de cosas distintas. El gordo hizo una pausa mirándolo a los ojos con cara de satisfacción y después se recostó en los respaldos para mirar hacia el techo, pensativo.

—¿Por qué será que cuando uno es niño no resulta demasiado sorprendente que alguien sepa nuestro nombre? Un desconocido, quiero decir; alguien a quien uno nunca ha visto, de repente se acerque en la calle y nos llame por el nombre. ¿Por qué será que sucede eso?

Sí, pensó Carter (el tipo al que llamaban Carter), estaban hablando de cosas distintas: no, no lo sabía; no, no le interesaba. El gordo volvió a mirarlo, los ojos le brillaban; seguía disfrutando del momento, de su lugar, de su papel. Carter (el tipo al que llamaban Carter) imaginó que la enorme lengua rosada del gordo se agitaba dentro de la boca saboreando con fruición. El jefe torció la cabeza para mirar a sus muchachos e integrarlos en la conversación. Los dos apartaron la vista por lo que les dijo:

—Es una buena pregunta, ¿no? —moviendo la cabeza afirmativamente y levantando las cejas—. ¿Ustedes saben?

El italiano dijo que sí a la primera pregunta, después fingió pensar un poco y respondió que no a la segunda. El otro parecía igual de interesado en esto que Carter (el tipo al que llamaban Carter).

—Bueno —dijo el jefe, volviendo a acomodarse en la silla—. Es una pregunta difícil, a decir verdad —miraba hacia arriba y hablaba más lentamente; hizo una pausa—. Yo no lo sé tampoco. Pero parece un tema interesante.

Se apoyó otra vez en los respaldos, cruzó una pierna —todo su cuerpo parecía estar en tensión— y se llevó un índice gordo y corto a la pera. Como fue el índice de la mano izquierda, y en esa mano llevaba un salame, aprovechó y le dio un mordisco. Quiso continuar hablando enseguida pero como estaba masticando se le hacía difícil. Decidió guardar el salame en el bolsillo del saco y para hacerlo tuvo que descruzar la pierna. Después masticó mirando hacia un punto indefinido y, finalmente, torció el cuerpo para volver a la posición anterior. Le fue aún más difícil cruzar la pierna en esta ocasión. A Carter (el tipo al que llamaban Carter) lo había distraído una puntada en su boca y había llevado su lengua hacia ese lugar. Con la punta tocó lo que parecía ser un diente partido. — Creo que tiene que ver con los límites —dijo el gordo.

Alzó un poco la cabeza respondiendo a la voz por reflejo; eso le alivió un poco el dolor en el pecho. Las cuerdas se habían puesto tirantes porque había apoyado todo el peso de su cuerpo sobre ellas. Pensó que podía hacer un esfuerzo y apoyarse en el respaldo; podía confiar en que, mientras el gordo hablara, no iban a golpearlo.

—Sí, con los límites —volvió a decir el jefe, ahora más lentamente y mirando la línea que se formaba en la unión de la pared con el techo.

Carter (el tipo al que llamaban Carter) inhaló fuertemente y cerró los ojos por un momento. El cambio de postura lo alivió pero la espalda tardaba en acostumbrarse a la nueva posición y temió que la molestia se transformara en un calambre. Bajó el cuello lentamente para aliviar el dolor. El gordo seguía perdido en sus pensamientos. En ese momento, escaleras arriba, se abrió la puerta del sótano. Nadie habló o bajó por las escaleras; simplemente llegó un murmullo y una débil brisa veraniega, y luego la puerta volvió a cerrarse.

—Cuando uno es niño no sabe lo qué es posible —retomó el gordo—. Todo el tiempo la gente está inventándote historias: que en navidad viene un gordo barbudo vestido de rojo; que si no tomás la sopa vas a tener que vértelas con un monstruo; que si jugás con eso te vas a quedar ciego; que Dios está mirándote todo el tiempo listo para quererte o castigarte. Y además te leen historias o te las cuentan. Historias de dragones y caballeros, de animales que hablan, de brujas, de magos, de enanos y toda esa clase de cosas —tuvo que hacer una pausa para contener un eructo. Quedó pensativo por unos momentos; su tono se había hecho más cordial y franco—. Pero eso es sólo una parte. Una parte pequeña.

El italiano seguía apoyado en la pared con los brazos cruzados. Había torcido la cabeza para mirar a su jefe con el ceño fruncido, por un momento, y ahora miraba al piso con los ojos desenfocados.

—Lo más importante son las fantasías. Claro que en ese momento uno no sabe que son fantasías; en ese momento no son fantasías, son deseos; simples deseos. Y uno se pasa el día buscando la forma, la palabra mágica, el movimiento, el pensamiento, lo que sea que haga falta para volar, para volverse invisible, para mover los objetos con la mente, para leer las mentes. Cuando uno es niño todo eso es posible, sólo que aún no se sabe cómo.

Carter (el tipo al que llamaban Carter) sintió en su lengua un débil pinchazo: había encontrado el pedazo que faltaba del diente partido. Deslizó la lengua y lo empujó con la intención de sacarlo hacia fuera, pero algo lo hizo arrepentirse y esconderlo entre el labio y los dientes inferiores. Después de un momento se dio cuenta de que el gordo se había quedado callado. El del afro también se dio cuenta y giró para observarlo. El gordo seguía mirando con atención el mismo punto que unía la pared con el techo y sacudiendo la ceniza del puro, que se había apagado hacía ya un rato. A Carter (el tipo al que llamaban Carter) le pareció que el gordo se sabía observado y que disfrutaba de ello.

—Pero después, más tarde —prosiguió el jefe, sacando ahora la voz desde el estómago—, uno se cansa de intentar todas estas cosas; y además se da cuenta de que nadie nunca lo ha hecho. Y se resigna. Y se dice que no se puede, que es imposible —recargó la palabra—; que todo eso en lo que uno creía no son más que mentiras; que uno es igual al resto y que está metido en un mundo rígido, sin poderes, sin dragones, sin duendes, sin nada.

Carter (el tipo al que llamaban Carter) estaba concentrado intentando adivinar el tamaño exacto del pedazo partido que tocaba con la lengua. Probablemente por el silencio se dio cuenta de que el gordo lo observaba, así que levantó la vista y lo miró fija y fríamente.

—Uno debería darse cuenta de que está irremediablemente perdido en el frío mundo adulto cuando se sorprende por algo tan nimio como que un extraño sepa su nombre —dijo el gordo, y sonrió.

Carter (el tipo al que llamaban Carter) no cambió la expresión; recogió el pedazo de diente con la lengua y, sin dejar de mirar al gordo, lo escupió. Después de chuparse el labio, que chorreaba un poco de sangre y saliva, dijo:

—Mi nombre no es Carter. Y es gracioso que traiga la inocencia infantil a una situación como esta.

Una tarde de malentendidos

¿Querés venir a casa a mirar la tele?

—¿Eh?

La pregunta, a pesar de ser simple, lo había sorprendido y tal vez incluso molestado porque bajó la cabeza y tensó los músculos de la espalda:

—¿Es a color?

—Claro que es a color —contestó a las risas, pero enseguida se puso a pensar que por algo el otro había hecho esa pregunta, y que a lo mejor creía que se estaba burlando—. ¿Por qué?, ¿vos tenés una tele blanco y negro? No tiene nada de m…

Había comenzado poniendo su mejor tono paternal y comprensivo pero a medio camino algo que parecía ser una reacción defensiva lo llevó a observar críticamente lo que estaba diciendo y a sentir que el remedio se estaba transformando en algo bastante peor que la enfermedad; para salir de la situación no se le ocurrió nada mejor que apurar un:

—Dale, vamos.

Los dos estaban sentados en un muro, todavía con el guardapolvo puesto —aunque ya habían desprendido dos o tres botones y habían desanudado o quitado la moña azul—, y apoyaban las manos a los lados del cuerpo. El muro era de ladrillos y lo suficientemente alto como para que los pies les quedaran colgando. El que invitó era físicamente algo más grande que el otro —o al menos más gordo—; tenía el pelo ondeado peinado hacia un costado, la cara ancha y enroje- cida, el labio inferior algo retraído en relación al superior, y una mirada bastante ingenua. En general todo en él lo hacía parecer más pequeño de lo que realmente era. El otro tenía el rostro alargado, los cordones desatados, ojos verdes, pelo lacio tapándole la frente, mirada inquieta y pantalones sucios. Más allá de las diferencias físicas lo que ambos tenían en co- mún era que, a pesar de conocer el nombre del otro, preferían llamarse por el apellido: así que el que invitó era Hernández para quien seguía sin contestar y, a su vez, ese que seguía sin contestar era Gutiérrez para quien había hecho la invitación. En definitiva: Hernández para Gutiérrez, y Gutiérrez para un Hernández que seguía esperando una respuesta, y que ya se había levantado del muro —o al menos había bajado un pie para apoyarlo en el pastito—, intentando presionar a Gutié- rrez. Pero Gutiérrez no se movía y la posición era bastante incómoda, así que, después de dudarlo un poco, Hernández volvía a acomodarse en el muro.

—¿No querés ver la tele? Comemos galletitas y tomamos la leche.

Hernández no pudo evitar que su propio ofrecimiento lo sorprendiera. ¿Por qué tenía tanto interés en que Gutiérrez aceptara la invitación? Era verdad que se sentía un poco culpable y que quería arreglarla pero no había necesidad de andar ofreciendo galletitas; si Gutiérrez no quería ir mejor.

—No quiero galletitas —respondió Gutiérrez, sin mirarlo y a mucho volumen.

Hernández no valoró realmente la respuesta: esperaba simplemente un sí o un no para poder terminar con esa situación que ya lo estaba incomodando. Se paró y levantaba la mano para despedirse cuando escuchó o creyó escuchar a un volumen casi inaudible:

—No quiero tus galletitas de mierda.

—¿Qué? ¿Qué dijiste? —preguntó, más sorprendido que molesto.

No hubo respuesta; la misma expresión en el rostro que miraba al piso.

—¿Que dijiste? —repitió Hernández, y entonces Gutiérrez giró y mientras lo miraba bostezó larga y plácidamente.

—Bueno, como quieras —dijo Hernández—. Yo me voy, chau.

Gutiérrez no contestó enseguida, esperó a que Hernández cruzara la calle y recién entonces dijo:

—Sí, andatechau —porque no hubo verdaderamente una pausa entre el "andate" y el "chau", sino que fue más bien como algo escupido.

Hernández, que ya estaba en la vereda de enfrente, se detuvo y giró para mirar a Gutiérrez, entrecerrando los ojos; se preguntaba si valdría la pena volver a cruzar la calle para amedrentarlo, porque a decir verdad tenía un poco de hambre y ganas de mirar la tele. Se le ocurrió que lo podía arreglar con un:

—¿Qué te pasa?

Una vez más la respuesta de Gutiérrez lo sorprendía:

—¿Qué, qué? —y se levantaba, finalmente, pero para recoger unas piedras del pedregullo.

Hernández no atinaba a hacer o decir nada. De reojo vio que tenía apenas dos minutos para llegar a su casa porque su programa favorito, Meteoro, estaba por empezar:

—Veníííí —dijo, apurado y estirando las íes.

Una piedra le pegó en la pierna.

Hernández empezaba a enojarse pero no tenía ganas de pelear; tenía ganas de instalarse cómodamente en la mesa de la cocina, frente al televisor, con su vaso lleno de leche con cocoa y un paquete grande de galletitas. Además: ¿por qué Gutiérrez reaccionaba así? No era que le gustara demasiado la idea de ser su amigo —Gutiérrez era medio raro, no hablaba casi nada y miraba como con miedo, y de repente decía cosas que nadie entendía—, pero había visto que estaba siempre solo y que los demás siempre lo evitaban y, como a él antes le había pasado algo así, había sentido un poco de pena y había pensado que tenía que ayudarlo y ser su amigo.

Esto, claro, había sido antes; ahora lo único que quería era que todo terminara rápido porque en el capítulo pasado el Corredor X le había tendido una trampa a Meteoro y tenía la fea sensación de que esta vez no le iba a ser fácil sortearla.

Gutiérrez tiró otra piedra. Erró pero Hernández ya sufría de un ataque de indignación.

—¿A mí me tirás? —preguntó retóricamente.

Gutiérrez no entendía razones:

—Andate, andate, andate —repetía a toda velocidad.

Y eso era realmente lo que Hernández quería: estaba dolido y enojado, pero más que nada preocupado por el tiempo que estaba perdiendo.

—Te voy a reventar —dijo, y enseguida le pareció mejor ser un poco más específico porque sino iba a perder credibilidad—. Mañana, te voy a reventar.

Esa respuesta envalentonó aún más a Gutiérrez que alternaba risas burlonas e insultos. Hernández volvió a mirar el reloj aunque ya sabía de sobra que no tenía el tiempo suficiente como para cruzar, golpear a Gutiérrez, y llegar a su casa antes de que empezara el capítulo. Sacudió la cabeza y se puso a caminar rápidamente porque ya era tarde.

En la esquina Hernández apuró aún más el paso y las restantes cuadras las hizo corriendo. Llego algo agitado y transpirando. La madre de Hernández, que lo vio llegar "en esas condiciones", le preguntó qué le había pasado.

—Nada, qué me va a pasar —contestó Hernández, mientras prendía la tele.

Después fue hasta la heladera, girando la cabeza para mantener la mirada en la pantalla, y por último hasta el aparador.

—¿No hay galletitas? —preguntó.

No obtuvo una respuesta; su madre lo miraba con la cara torcida y los brazos cruzados.

—¿Qué?—preguntó Hernández.

—¿Qué te pasó a vos?

—Nada, ¿no hay galletitas?

—No. Hay tostadas.

Hernández resopló—: ¿De las redondas tampoco?

—No. Hay tostadas y dulce.

No era lo mismo.

Hernández se sentó a la mesa y trató de concentrarse en la pantalla del televisor pero no llegaba a entender demasiado lo que estaba pasando y, para peor, no decían nada de la trampa, o de cómo Meteoro se había librado de ella. Sí, Meteoro estaba bien, pero Hernández había pensado que la relación entre Meteoro y el Corredor X estaba llegando a un punto límite; que después de esa trampa muchas cosas iban cambiar definitivamente. En un sentido lo hicieron: Hernández se levantó de la silla y apagó el televisor pese a que el programa aún no había terminado.

Después, mientras terminaba de beber lo que quedaba en el vaso, sintió la irrupción de una una voz interior que susurró una única palabra, clara y definida:

—Cobarde.

BAJO ATAQUE

I

Realmente lo tomó por sorpresa y eso era algo que el General no terminaba de asimilar y, por supuesto, de reprocharse. Tenía a su favor el hecho de haber actuado con celeridad y decisión; y sobre todo de haberlo hecho de una forma tan profesional y con tanto dominio de sí. Había ordenado una formación cerrada enviando a todas sus tropas sobre el potencial escenario. Dos ejércitos casi completos habían partido deslizándose a toda velocidad sobre el parqué para crear un enorme cuadrado perfecto. Un despliegue de fuerzas que seguramente habría producido un gran impacto. Y eso no era todo: cuatro dotaciones de dos exploradores revisaban garaje, placares y despensa buscando todos los refuerzos que pudieran hallar. Si tenían suerte una o incluso dos formaciones de apoyo llegarían en cualquier momento. Sí, había actuado bien, era una reacción rápida y certera. Y sin embargo no podía estar tranquilo. El general alzaba nuevamente los binoculares y escudriñaba la escena. Un camaleón con un globo rosado en la boca se movía de una punta a la otra del dintel de la ventana mostrando dos perfiles ansiosos e incomprensibles. Debajo, ocupando el espacio libre entre el zócalo y la alfombra sus hombres en formación aguardaban preparados, dispuestos y en alerta. Sus hombres de plástico, se corrigió. No, no podía estar tranquilo. Mucho menos satisfecho.

La preocupación lo impulsó a escudriñar también la puerta que conducía a la cocina pero no detectó ningún movimiento. Tampoco había novedades de sus tropas en la escalera. Instintivamente estiró su mano para alcanzar el radio que tenía en su cinturón pero se contuvo. Su pulgar apenas alcanzó a rozar el botón que soltó un pequeño golpe de estática. El camaleón pareció reaccionar a esto. Se detuvo y aguardó inmóvil por un instante. Hizo dos movimientos torpes, eléctricos, con la cabeza y luego retomó su recorrido. El General lo seguía ayudado por el aumento de los binoculares, deslizando su vista por cada pequeño detalle de la piel, intentando adivinar el material del que el animal estaría hecho. Si tuviera que arriesgar una respuesta por cómo se veía diría que se trataba de alguna clase de papel satinado, pero el papel no podía soportar erguida una estructura tan grande. En los viejos tiempos hubiera podido arriesgar cartón, quizás incluso cartulina, pero ahora podía tratarse de algún tipo de lámina delgada, algún tipo de aleación o combinación de plásticos, fibras y metales. El radio lo llamó. El general la acercó a su oreja sin bajar los binoculares.

—Aquí el General —dijo y soltó el botón.

El radio permaneció en silencio. El General enarcó una ceja y apartaba apenas sus ojos para mirar hacia el aparto cuando algo en él reaccionó:

—Cambio —dijo, rápidamente, como si también quisiera apurarse a disipar la incómoda sensación que intentaba ganarlo.

—Señor, la alacena está vacía...

Una furtiva descarga de ira le hizo oprimir el botón del radio pero alcanzó a soltarlo antes de que su Teniente terminara de hablar.

—... trastos de cocina, cera y retazos de tela sucios. Pero un Cabo tiene algunos contactos y seguimos una pista hasta el ático, señor. Encontramos algunos animales, civiles articulados y algo de artillería, señor. Cambio.

—Buen trabajo, Teniente. Infórmeme acerca de la artillería. Cambio.

—No es mucho, señor. Dos tanques pequeños, un jeep y un cañón. Cambio.

—¿Y los civiles?

El radio volvió a permanecer en silencio. El General apretaba sus dientes. Después de un momento la voz del Teniente reapareció. Algo tímida al comienzo.

—Señor... los civiles, señor, son ocho. Cambio

—¿Algún gigante?

El Teniente oyó o creyó escuchar al General agregar finalmente "cambio" mientras giraba su cabeza para buscar con sus ojos al gigante. Y se aseguró de observarlo detenidamente antes de contestar. Aún a su pesar:

—Uno, señor...

Le faltaba una pierna, las articulaciones del brazo derecho estaban torcidas en la dirección contraria y en la mano izquierda sólo quedaban dos dedos completos. Lo peor era lo que habían hecho con su cara y su piel.

—...y no está en las mejores condiciones. Cambio —agregó.

La voz del General prácticamente se superpuso al ruido de estática que sonó en el pequeño parlante al soltar el botón.

—¿Qué hay de los animales? Cambio.

—Tenemos once, señor. La mayoría pequeños, pero conseguimos dos leones en buen estado. Cambio.

El General intentó visualizar la nueva tropa sobre el escenario. Calculó diferentes opciones de avance y apoyo. No era suficiente. Se aprestaba a dar una serie de coordenadas tentativas cuando el radio volvió a sonar.

—Señor, perdón por interrumpir, señor.

No era el Teniente. Había tres opciones, difícil saber.

—¿Quién me llama? Cambio.

—Aquí, Wilkins, señor. Cambio.

—Más vale que me traiga buenas noticias, Sargento. Cambio.

Del otro lado del radio la respuesta comenzó con una risita que el General detestó.

—De hecho tengo muy buenas noticias, señor. Cambio.

—Excelente —respondió el General sin emoción. En su mente la risita reverberaba. Se preguntó si era el momento apropiado para sancionarlo. Hizo una pausa para decidir.

—Quiero un detalle completo de las nuevas tropas. Y las quiero formadas en escuadrones pequeños y listos para entrar en combate ahora mismo. ¿Entendido? Cambio.

—Sí, señor. Estoy en camino. Cambio.

La voz del Sargento dejaba ver que había comprendido claramente sus órdenes, y su error, y también su lugar en la jerarquía. El General hizo un pequeño movimiento con la cabeza, como queriendo reafirmar su decisión, como queriendo concentrar todo la autoridad que encerraba. Pero eso se desarmó inmediatamente. El brote de cólera había sido intenso pero muy breve. Algo efímero. Sin cuerpo. Y en su lugar había quedado algo que era muy parecido a la tristeza, y a la lástima.

Las buenas nuevas no habían sido tan buenas pero no podía dejar que todo este sinsentido lo ganara. El Sargento había conseguido reunir una dotación de cuatro civiles articulados, si es que podía llamarlos así, y un buen número de grandes animales —animales como nunca los había visto: mutaciones extrañas, animales con púas y cuernos y pinzas—, pero la crónica de la expedición le hacía pensar que el precio a pagar podía llegar a ser muy alto. El General no había terminado de asimilar la narración del Sargento Wilkins cuando los dos restantes grupos de exploración se reportaron. Las historias eran las mismas: cambios drásticos y sorprendentes en la geografía, aparición de nuevas especies, atmósferas desconocidas... Y ese absurdo camaleón caminando de una punta a la otra del dintel de la ventana, con su enorme globo en la boca. ¿Qué significaba todo aquello? ¿Qué sentido podía tener? Era algo absurdo, parecía algo más propio de la niña que del muchacho. El General espió por sobre su hombro al conjunto de jefes de expedición que discutían ahora inclinados sobre un mapa del terreno señalando presencias, ausencias y accidentes inexplicables. Volvió a observar el escenario, sus hombres, ese horrible animal desplazándose de un lado a otro, y finalmente tomó la decisión que venía postergando:

—Teniente —llamó sin girar.

—Sí, señor.

—Queda a cargo.

—¿Señor?

El General respondió con un gesto que pareció transmitir una orden clara y precisa.

II

Le costó un buen rato ubicar el hueco en la pared, o mejor dicho, el lugar donde en algún momento hubo un hueco. El General reconoció las referencias y volvió a chequear las coordenadas, pero el hueco ya no estaba. Giró para observar detenidamente el panorama. Nunca había visitado con frecuencia la cocina así que no podía confirmar o desechar nada. Tenía la vaga sensación de que algunos muebles eran diferentes, pero de una forma extraña, porque parecían más modernos y al mismo tiempo maltrechos. Enseguida pareció recordar algo que lo llevó hasta una pequeña despensa junto a una antigua pileta de lavar. Tras la pileta aparecía una pequeña rejilla cuadrada de hierro sujeta por cuatro tornillos. Tenía grandes huecos ornamentados que dejaban pasar el aire y algo de luz pero ninguno era lo suficientemente grande como para que el General pudiera meterse. Presionó la rejilla con el hombro para comprobar cuan ajustado estaban los tornillos. Afortunadamente no estaban demasiado apretados. Estimó que podría desenroscarlos con las manos.

Después de quitar el tercer tornillo tiró un poco de la rejilla hacia afuera e intentó empujarla hacia un costado pero la diferencia de profundidad con los azulejos impidió que se moviera. Esto es nuevo, pensó, y luego evaluó el tiempo que podría haber pasado desde la última vez que había utilizado este pasaje para trepar por la cañería al escritorio de la planta superior. Sintió una fuerte opresión fría en su espalda que le incomodó muchísimo. Dio un paso hacia atrás para observar el marco que los azulejos habían creado en torno a la rejilla. Si intentaba desenroscar el último tornillo corría el riesgo de que la rejilla se le viniera encima. No parecían haber demasiadas opciones, sin embargo. El General se acercó y comenzó a girar el tornillo. Estaba algo oxidado, lo que amenazaba con complicar un poco más las cosas, pero luego de balancearse hacia un lado y hacia otro, cargando su peso en el tornillo, finalmente giró. Le dio dos vueltas y se detuvo. Tiró de la parte inferior de la rejilla para formar un ángulo que lo protegiera de una eventual caída. Volvió a darle un par de giros al tornillo y otra vez a tirar de la rejilla para inclinarla. Repitió la operación un par de veces hasta que se quedó con el tornillo en las manos. Lo dejó a un lado y siguió tirando suavemente de la rejilla, controlando el descenso, hasta que pudo apoyarla completamente en el suelo. Se llevó los puños en la cintura y miró hacia el hueco con un dejo de aprensión. Estaba molesto. Molesto por haber tenido que encargarse de quitar la rejilla. Molesto por haber sentido satisfacción al lograrlo. Se metió dentro y alzó la vista para ver el recorrido del caño que unos metros más arriba era devorado por la oscuridad. Hacia la derecha aparecía una rejilla similar a la que había quitado pero de un metal liviano. Conducía al jardín y, tal vez para evitar que se colaran insectos o roedores, tenía huecos realmente pequeños. A través de ellos se colaba luz del sol que formaba círculos blancos en el suelo, y un olor en especial que le costó reconocer. Volvió a fijar la vista en el caño que se elevaba por sobre su cabeza cuando una alerta tiró fuerte de él haciéndole girar la cabeza hacia la rejilla del jardín y, en especial, hacia el borde inferior por el que se colaba una delgada línea de luz. En ese momento una voz áspera y metálica llegó desde fuera:

—No hay soga, Jack. ¿Cómo piensas subir?

El General estiró un brazo y empujó suavemente la rejilla. No le ofreció resistencia. Calculó que estaría apenas sujeta por un único tornillo. El calor le hizo retirar la mano casi de inmediato y la rejilla regresó temblequeando a su lugar original.

—Vamos, Jack, no me vas a decir que un poco de sol te asusta.

El General volvió a empujar la rejilla, ahora con el antebrazo y salió al jardín. La intensidad de la luz lo cegó completamente.

—Hacia este lado —dijo la voz.

El General la siguió avanzando casi a tientas, intentando escudarse con su brazo extendido. Enseguida dio con la protección de un cantero que proyectaba una sombra alta y densa. El calor era intenso pese a que, a juzgar por la dirección de la luz, el sol debería estar apenas asomando. La voz pareció leer sus pensamientos.

—Parece que va a ser un día especialmente caluroso.

El General entrecerró los ojos para mirar a su interlocutor.

—¿Ahora te dedicas a los exteriores? —preguntó, mirando a la figura que comenzaba a delínearse frente a él.

Una figura que era de su misma altura, que poseía la misma complexión, la misma vestimenta y el mismo rango; una figura que aparentaba ser una réplica exacta en cada uno de los detalles pero que al cabo de observarla con detenimiento ofrecía algunas diferencias, sutiles, mínimas, en el color, el material, en la resolución menos delicada de los detalles. La réplica, su par, el otro General, lanzó una risa corta, exhalada:

—Yo no me dedico a nada —dijo.

Estaba de espaldas a la pared, apoyado en ella a la altura de los hombros y con las manos en los bolsillos. Habló sin dejar de mirar con atención a las plantas del cantero. En especial a las hojas más altas que comenzaban a aclararse a medida que el sol ascendía.

El General se acercó a su par y giró para contemplar qué era lo que cautivaba su atención: hojas de un verde muy vívido y la amenaza aún lejana de un sol implacable. El General no logró articular su pregunta; el otro General habló primero:

—Así que estás comenzando a atar cabos, Jack.

—No me llames así.

—¿Por qué? ¿Te cansaste de él? Pensé que iba a ser un lindo detalle nostálgico.

El General no comprendió por completo la última frase. Ni siquiera se dio cuenta de que la incomodidad que sentía no se debía —en su mayor parte— a que lo hubiera llamado de esa forma. Jack era el nombre favorito del niño. Cada héroe en cada uno de sus juegos era llamado así. Era un nombre que no le pertenecía a nadie en particular. Era algo así como una especie de espíritu; de ideal. El otro General también fue Jack, por algún tiempo. Pero después su ejército fue mermando. Algunos hombres desaparecieron, otros se quebraron, algunos fueron robados. Cuando finalmente llegó la nueva división que tanto había esperado se encontró con que con ella llegaba también un nuevo General. No, no un nuevo General, simplemente una nueva versión de sí mismo.

—¿Qué significa eso de "atar cabos"? —retomó el General.

—Bueno, parece que ibas directo al escritorio, ¿no es así?

El General continúo observándolo sin mover ni un solo músculo.

—¿Qué sucedió con la soga?

Ahora los dos se observaban con la misma expresión: los ojos entrecerrados, el ceño fruncido, los labios apretados, un dejo de furia contenida en la mirada.

—La soga desapareció hace mucho tiempo, Jack.

El General no se decidía a tomar en serio esa información; el otro General solía ser cínico e irascible. Solía ser, repitió las palabras en su mente. Luego intentó recordar la última vez que se habían cruzado. No pudo.

—¿La sacaste?

El otro General regresó la vista a las hojas más altas del cantero. Pareció pensar mientras llenaba lentamente de aire sus pulmones. Luego exhaló, con la misma lentitud, y quedó inmóvil por algunos segundos.

—No, Jack —el tono de su voz había cambiado. Se había hecho más hueco, más profundo; como viniendo de un punto que quedara en algún lugar entre el cansancio, la comprensión y el abatimiento—. No tomé la soga.

No hubo palabras ni movimiento alguno por unos momentos. Finalmente el otro General hizo un gesto con el brazo invitando al General a sentarse a su lado:

—Déjame contarte una historia, Jack. Algo que comenzó antes de tu tiempo —dijo aún con el brazo extendido—. Prometo ser breve.

La frase lo sacudió inesperadamente. Sintió la desorientación propia de un golpe intenso. Cuando reaccionó encontró una palabra reverberando en su mente. Un concepto complejo y distante. Algo inasible y perturbador: tiempo.

—Al principio no dejaba de resultarme extraño, pero lo tomé como un halago que decidiera no deshacerse de mi; como una muestra de afecto, de aprecio. Pero lentamente comencé a darme cuenta de que algo estaba sucediendo. Algo que no podía definir. Algo para lo que no estaba preparado.

Los ojos del otro General volvían ocasionalmente para remarcar una frase o comprobar la atención, pero lo que realmente los cautivaba estaba deslizándose suavemente por encima de las hojas verdes.

—Temí que eventualmente decidiera convertirme en un villano. Quiero decir, no era algo descabellado, incluso para él. Siendo General podría haberme puesto a liderar algún tipo de ejército enemigo, aún a mi pesar. Pero no lo hizo. Así que ya no era Jack. Ya no era parte del ejército. Ni siquiera estaba entre combatientes. No era nadie. Pero al mismo tiempo, y de alguna manera retorcida, era muy importante.

El General torció para mirar a su interlocutor. No pudo evitar observarlo con extrañeza.

—¿Qué estás...?

—Por favor —el otro General lo interrumpió. Alzaba un poco la mano izquierda y movía afirmativamente la cabeza—, déjame terminar. No nos queda mucho —agregó, observando como el sol comenzaba a anunciarse a través de un pequeño espacio entre las hojas.

—Verás, antes de que llegaras los juegos solían ser diferentes. Podían tomar días. Eran juegos endemoniadamente pesados. Cada hombre en el campo tenía una historia, una vida por fuera del ejército. Y eran historias difíciles, complejas. Cada hombre cargaba con muchas cruces, y tenía sus propios demonios. Incluso Jack —el otro General dejó de prestarle atención por primera vez al cantero para mirar a su par—. Jack era alguien por completo diferente antes de que llegaras.

El General enarcó involuntariamente las cejas.

—Qué pasó, o cuándo sucedió exactamente no podría decirlo. Ya no era Jack cuando comenzó a suceder. Algo sacudió la casa por muchos días y luego hubo una ausencia muy pesada. Cuando regresaron los juegos ya no había soldados. Fueron meses de animales y civiles, gigantes y autos. Y después claro, llegaron ustedes.

La pausa no fue lo suficientemente larga para que el General pudiera articular una pregunta.

—Y entonces me convirtió en esta especie de... —el otro General gesticuló ensimismado, parecía estar buscando una palabra en particular— ... sombra —dijo finalmente—. Jack se había transformado de repente en esta figura clara, unívoca, directa y simple. En este cliché plano y tosco de buen samaritano.

El otro General ni siquiera reparó en lo hiriente que podían resultar sus palabras, estaba demasiado metido en su discurso como para darse cuenta. Pero el General sí lo hizo y no dió crédito a lo que escuchaba. No podía creer que su par siguiera perdido en quejas y reproches. No podía creer que por un momento hubiera pensado que podía brindarle alguna información útil. El otro General continúo hablando.

—Mientras que yo había sido transformado en esta especie de contraparte escondida. Perdido en esta imbecilidad de plano indefinido —las palabras se cargan de violencia—. Y las cosas que debía hacer... —el otro General bajó la vista y sacudió la cabeza, la intensidad de su voz cayó—. No eran propiamente malas. Era algo más difuso, más oscuro, más perverso...

Dejó la frase sin concluir por lo que el silencio fue haciéndose cada vez más incómodo. Aun así el General no había podido encontrar una manera certera de atravesarlo. Al cabo de un momento volvió a sonar la voz del otro General:

—Bueno es mejor que te vayas —dijo señalando hacia arriba.

La luz del sol asomó justo en ese momento por sobre las hojas. El impacto del brillo cerró los ojos de los dos hombres de plástico. El General se apartó inmediatamente, saltando hacia la sombra. Se asombró al ver que el otro General no se había movido.

—No somos tan sensibles, Jack —dijo, con los ojos todavía cerrados—. Esto suele tomar un rato.

—Aun así no creo que sea buena idea permanecer en ese lugar —replicó el General.

—Bueno —dijo—, digamos que soy un capitán que se hunde con su bote.

—Tu barco...

—Antes de que te vayas tengo algo que quiero darte —interrumpió el otro General al tiempo que levantaba un gran trozo de papel doblado en varias partes y se lo ofrecía a su par.

El General miró con algo de aprensión.

—Hay otras formas de llegar al escritorio —agregó el otro General, extendiendo su brazo para que el papel quedara a la sombra.

—Gracias —dijo el General.

Tomó el papel y permaneció con él en la mano, observándolo.

—Esto es...

—Adiós, Jack —interrumpió nuevamente el otro General ofreciendo su mano.

El General se acercó y la estrechó. Era la primera vez que lo hacía. Probablemente fuera la última. Luego hizo una mínima inclinación con la cabeza a manera de despedida y giró para volver sobre sus pasos y meterse en la sombra. El otro General lo vio alejarse antes de volver a cerrar los ojos y recostarse en la pared para ser bañado por la luz del sol.

III

La rejilla metálica había ganado aún más temperatura. El General la empujó con violencia, retirando inmediatamente la mano, y se apuró a entrar. La rejilla se deslizó sacudiéndose y templequeó en su camino de vuelta. La detuvo una imperfección en las baldosas bastante antes del final. Desde el interior el General la golpeó con el taco de su bota para que terminara de cerrarse. La oscuridad del hueco resultaba ahora casi total y la luz en la cocina parecía muy débil. Decidió permanecer dentro hasta que sus ojos se acostumbraran al cambio de intensidad. Después de un momento se dio cuenta de que deslizaba el pulgar por la yema de los otros dedos de la mano como comprobando algo. Pensó en el calor de la rejilla, en el sol intenso del jardín.

—No somos tan sensibles, Jack.

La frase del otro General apareció en su mente. Y también apareció el saludo de despedida. El General reaccionó sacudiendo la mano y aventurándose lentamente en la cocina.

Avanzó con cuidado por sobre la otra rejilla que permanecía en el piso. No le pareció que fuera la mejor idea dejarla ahí pero no quería perder más tiempo. Tampoco le pareció adecuado destinar un grupo de sus hombres, por mínimo que fuera, a que se hiciera cargo de ella. Hasta saber definitivamente contra qué se estaba enfrentando iba a mantener el máximo cuidado. Inevitablemente ese pensamiento lo llevó a recordar la narración inverosímil del otro General y a reparar nuevamente en el gran trozo de papel doblado que llevaba bajo el brazo. El General volvió a mirar en derredor a pesar de haber chequeado la cocina antes de salir del hueco. Luego buscó un área protegida, que encontró en un pequeño espacio cercado por las patas de la mesa y de un par de sillas, y se hincó para apoyar el papel. No lo admitiría siquiera para sí, pero su corazón se había acelerado, escapándose de sus orgullosos 54 latidos por minuto para trepar casi a los 70. El General extendió el papel sobre el piso y separó uno de los pliegues. No pensaba desdoblarlo completamente, sólo lo necesario para poder espiar el interior. Al cabo de un momento consiguió ver una tipografía que reconoció de inmediato: el papel sin duda había sido arrancado de la parte superior de una agenda. Jueves, leyó finalmente creando con ambas manos un hueco entre los pliegues restantes. Encontrar esa información lo dejó algo confundido. No era lo que esperaba, no tenía sentido. Este tipo de cosas no suceden los jueves, pensó. Y luego recordó algo que lo forzó a separar nuevamente los pliegues. Pero sólo para frustrarlo: seguía siendo jueves y el color de la tinta seguía siendo negro. Y con esto las chances de comprender lo que sucedía se iban esfumando. Debía ser domingo, esto era propio de domingo o de feriado. De cuando llegaba la niña. De visitas... El General permaneció unos segundos hincado frente al papel sumido en sus pensamientos, repasando y valorando posibilidades, alternativas que explicaran lo que podía estar sucediendo. Y de entre la sucesión que atravesó su mente una en particular pareció complacerlo. Una tan simple y tan obvia que no podía creer que la hubiera pasado por alto: el otro General lo había engañado. El General se inclinó sobre el papel y comenzó a separar los pliegues restantes a gran velocidad. Finalmente estiró el papel completo sobre el piso y leyó "enero" con una sonrisa de satisfacción. Podían acusarlo, a él y a todos sus hombres, de no ser capaces de comprender las complejidades del tiempo. Lo aceptaba, no iba a defenderse; lo había intentado mil veces sin llegar más que a manejar tontamente las reglas más básicas. Pero si había algo se podía decir de él era que que no dejaba flancos débiles: su impericia en un área la había compensado con el desarrollo de otra. Así es que podía descifrar sin temor a equivocarse el mes en el que estaba observando la inclinación de la luz y las características del clima. Y estaba seguro, completamente seguro, de que ese mes era febrero.

El General se apartó del papel y se puso de pie con cierta arrogancia. El descubrimiento lo había complacido aunque intentara minimizarlo diciéndose que aún no estaba satisfecho; que aún quedaba mucho por resolver. Por comprender. Por planificar. Que si la niña había regresado finalmente habría que adoptar medidas y retomar estrategias. Y tras decirse eso quiso rememorar las imágenes de esas formaciones, los movimientos tácticos, la conformación de los grupos, pero nada acudió. Su mente se movió en una y otra dirección buscando formas, imágenes, palabras, algo que le permitiera asir esos recuerdos, pero en cada lugar parecía chocar contra alguna fuerza que bloqueaba su paso. Y en cada movimiento parecía perder tino, decisión. Nada parecía existir más allá de ese vacío que se abría frente a los ojos de su mente. Tan sólo pudo recobrar una sensación, un rastro lejano y mínimo, el atisbo de algo que hubiera podido suceder en el espacio lejano de un sueño. Y detrás de eso una alarma que fue creciendo en intensidad hasta sacudirlo de su trance. El General pestañeó y sus ojos volvieron a captar la atmósfera real de la cocina. Inmediatamente la intensidad de la luz y el sonido le devolvieron la corporalidad. La alarma volvió a tirar de él con decisión forzándolo a concentrarse en el trozo de papel. Lo primero que vio fue un círculo rojo que parecía hecho con urgencia y nerviosismo. Luego la cifra de cuatro dígitos que el círculo encerraba. Un instante después el descubrimiento le explotaba en el pecho como un puñetazo bestial. El General apretó los dientes intentando controlar lo que presentía pero no pudo lograrlo: sintió la náusea que anunciaba el baño de sudor frío, la agitación, el desconcierto. La alarma interior enloqueció, sacudiéndolo y entorpeciendo sus pensamientos. Inspiró fuertemente por la nariz y lanzó el aire por la boca. Estaba inmóvil, se sentía torpe, incapaz de ordenar sus ideas, pero más que nada sentía furia. Furia por haber caído en ese estado; furia por haber caído en.... esa trampa. La palabra llegó antes que el convencimiento. Incluso antes que la consideración. El General no la tomó realmente en serio. Al menos no en su sentido más literal y próximo. Considerar el engaño implicaba admitir a alguien capaz de concebirlo, y de llevarlo a cabo; a alguien capaz de comprender y anticipar su modo de pensar, sus reacciones, sus movimientos; de ubicarse siempre un paso más allá de sus capacidades, de su entendimiento. No podía haber trampa porque las implicancias eran demasiado altas, demasiado costosas. Pero era algo a lo que asirse para atravesar esa pequeña tormenta. Para atravesar la cocina y dejar detrás las conjeturas y ese año inverosímil y lejano que el círculo marcaba.

IV

La situación en el living parecía haber mantenido su status quo. El General trepó a la mesa ratona sobre la que habían asentado la base controlando de reojo los movimientos repetitivos y nerviosos del camaleón. Sus hombres seguían mayormente congregados en torno al mapa con la excepción de un par de Cabos asentados sobre los vértices a modo de guardias. Uno de estos hombres fue el primero en advertir su presencia y saludarlo. El hecho de haber podido avanzar hasta el corazón mismo de la base antes de ser advertido le despertaba sensaciones ambivalentes. Podía verlo como un efecto de sus virtudes o de la incapacidad de sus hombres. Pero sus hombres eran, después de todo, un reflejo de su capacidad de mando.

—General —el Teniente apartó su ojos del mapa y saludó cuadrándose—, tenemos la nueva demarcación de territorio.

El General asintió sin dedicarle al mapa más que un leve vistazo.

—¿Reporte de situación? —preguntó mientras se calzaba los binoculares para observar la disposición de sus tropas.

—No hay novedades importantes, señor —contestó el Teniente—. Excepto por la desaparición del globo.

Automáticamente el General enfocó los binoculares sobre el hocico del animal. En efecto el globo había desaparecido dejando en su lugar una lengua gorda y viscosa. Le resultó sorprendente y preocupante que un detalle así se le hubiera pasado por alto al entrar. De inmediato lo convirtió en motivo de censura.

—¿Por qué no fui informado? ¿Dónde está el globo? —el General hablaba a corta distancia, con su rostro inclinado sobre el rostro del Teniente, pero en un tono controlado que no pasaba de lo severo.

No hubo respuesta. No hubo tiempo para respuesta. Un llamado distrajo su atención.

—¡Señor! —el Sargento Wilkins señalaba hacia la ventana.

El General volvió a calzarse los binoculares, el camaleón había dejado de moverse de improviso y ahora cambiaba de color. El General hizo un gesto ordenando a sus hombres que estuvieran listos para un eventual ataque. El camaleón se inclinó en el dintel para pegarse a la madera y, tras unos segundos en que continuó la mutación, pareció desaparecer. El General pulsó un botón en los binoculares fijando las coordenadas de ubicación y se los extendía al Sargento...

—Ya las tenemos, señor.

—Bien —dijo el General, al tiempo que notó que el Teniente seguía a su lado elevando recurrentemente la mirada. El General alzó la cabeza, siguiendo la mirada del Teniente, y se encontró con que el pequeño globo rosa flotaba pegado al techo.

—Sigue ahí, General —dijo el Teniente, señalando hacia el techo—. No parece representar amenaza alguna, señor.

No, no parecía representar amenaza alguna, pensó el General. No era más que un pequeño globo de helio a medio desinflar. Cualquier otro día hubiera dejado que ese globo terminara de desinflarse donde le diera la maldita gana sin siquiera dedicarle el más mínimo pensamiento pero ahora no podía estar seguro. No podía confiarse ni confiar en nada, en nadie. El sinsentido de ese día seguía sacudiéndolo todo, y él no había logrado averiguar prácticamente nada sobre lo que estaba sucediendo. Todas sus suposiciones resultaban torpes, carentes de sustento; todas las pistas lo habían guiado al mismo callejón. La amenaza de un nuevo embate de la náusea que lo asaltó en la cocina lo obligó a cerrar los ojos y respirar profundamente. En ese momento pudo sentir la fuerza y el ritmo de los latidos de su corazón. Volvieron a su mente las palabras de su par, el año marcado dentro del círculo rojo. Volvió el comienzo del día, el absurdo del comienzo de ese día. El aire se acumulaba con mayor velocidad en sus pulmones haciendo aún más potentes, más resonantes, más profundos los latidos. ¿Qué significaba todo eso? ¿Qué clase de lógica operaba detrás de todo eso? El General exhaló pesadamente como si con el aire quisiera desprenderse de todo lo que se revolvía dentro de sí. Espiró con fuerza y decisión hasta que sintió que el estómago ya no tenía más lugar en el cuál hundirse. Luego se mantuvo unos segundos sin respirar y soportando el dolor en el abdomen. El regreso del aire a su cuerpo finalmente le trajo algo de placidez que confundió con sosiego. El General dejó que los pulmones se llenaran sin prisa y después volvió a vaciarlos con la misma cadencia; acompañó con su mente la exhalación pero no quiso forzarla. Finalmente dejó que el cuerpo volviera a adueñarse del proceso. Cuando abrió los ojos reparó en que su pie había decidido golpear rítmicamente sobre la superficie de vidrio de la mesa. En cada uno de esos movimientos el soporte plástico al que estaba adherido se arqueaba produciendo un reflejo curioso sobre el vidrio. Y en medio de ese reflejo encontró otra cifra de cuatro números. Otro año. Una posibilidad de comparar, de despejar dudas. El General tuvo en esa instante una visión clara y completa de lo que debía hacer; de lo que era necesario hacer.

—Teniente —llamó, sin dejar de mirar el reflejo.

El Teniente había retrocedido unos pasos pero no había dejado de aguardar expectante. Igual tardó unos segundos en responder; como si esa demora significara que forzosamente había desviado la atención y ahora reaccionaba, mostrando así respeto por la privacidad del General y sus pensamientos.

—Sí, señor.

Para el General, en cualquier lugar, en cualquier circunstancia, sin excepciones, una demora era una deficiencia:

—Prepárese para entrar en acción —dijo—. Vamos a acabar con todo esto de una vez por todas.

—El plan es simple, los objetivos están rigurosamente definidos —el General hace una pausa para golpear con el índice cada uno de los cuatro puntos señalados en el mapa—. Y las directivas... —y para decir esto alza la vista y mira a los ojos a cada uno de los hombres que asignó a la expedición— ...son perfectamente claras y precisas —Y como si la carga de su mirada no hubiera sido suficiente el General repite—: Uno, ustedes y sólo ustedes miran las cifras de cuatro dígitos. Dos, sólo civiles nuevos y sólo un ejemplar por modelo —la voz es potente, el tono articulado—. Y tres, toda la información es estrictamente confidencial. Nadie fuera de aquí puede saber absolutamente nada —el General vuelve a posar su mirada alternativamente sobre cada uno de los rostros—. ¿Está claro?

Las respuestas le resultan tibias.

El General repite:

—¿Está claro?

El volumen y la decisión en las afirmaciones ahora lo satisface. Como si fuera alguna especie de recompensa su tono se hace más calmo y expositivo:

—Es común que en los nuevos civiles las cifras estén junto a la indicación de procedencia. Y también es común que aparezca una segunda cifra junto a una ere mayúscula o a una té y una eme mayúsculas. Las primeras son las mejores. Las segundas pueden ser demasiado amplias, y por eso poco confiables. Así que, probablemente, debamos concentrarnos en las etiquetas y evitar los sellos por fundido.

Un reflejo llevó al Sargento Wilkins a inclinar la cabeza y mirar al soporte debajo de sus pies con algo de aprehensión.

—No hay nada malo con esos números —la voz del General no llegó a ser severa pero de cualquier manera sorprendió al Sargento que se sintió inmediatamente en falta—. Sólo que no nos dan el tipo de información que necesitamos. ¿OK?

—Sí, señor

—Muy bien —respondió el General y se inclinó apoyando ambas manos sobre el mapa. Tenía los ojos entrecerrados y la cabeza un poco inclinada cuando comenzó a decir:

—Muy bien caballeros, este es...

Pero no pudo continuar: un enorme temblor sacudió la mesa, y la sala, y tal vez, incluso, la casa misma. El General no llegó a caer pero tardó unos segundos en recuperar el equilibrio y reaccionar. Enseguida miró en derredor tratando de valorar la situación —uno de los guardias había caído y se sostenía con ambas manos de uno de los vértices de la mesa, sus hombres se habían puesto en movimiento para asistirlo— y tras eso se llevó los binoculares a los ojos. Vio la ventana vacía y luego cuando se ubicó en las coordenadas que había guardado pudo adivinar algunas imperfecciones en el camuflaje. Más abajo sus tropas parecían no haber sufrido daños. Los soldados se movían, algunos a gran velocidad, otros torpemente, para recuperar sus posiciones. Los civiles parecían mayormente atontados y los animales algo nerviosos e irritables. A su lado se escuchaban las voces y el movimiento de sus hombres.

—Caballeros —volvió a decir; su voz sonó suave y tuvo que aclararse la garganta.

—Caballeros —repitió, y en ese momento, como si se tratara de alguna especie de burla, como si lo hubiera estado esperando, un segundo temblor lo sacudió todo.

Esta vez el General no pudo reaccionar; cayó de espaldas sobre la mesa golpeándose fuertemente el coxis. El dolor trepó por la espina y se extendió por los hombros; le tapó los oídos y le nubló la vista. El General permaneció en el suelo sin poder moverse o pensar, perdido en medio de una nube de silencio, hasta que un fuerte crujido de madera anunció un quiebre y su cuerpo comenzó a deslizarse a toda velocidad sobre el vidrio de la mesa. Abrió los ojos a una masa de formas indefinidas que avanzaban hacia él acelerando. Un segundo crujido detuvo el movimiento. El General entrecerró los ojos buscando enfocarlos en alguna forma concreta. Encontró el borde la mesa a unos centímetros. Quiso levantarse pero el dolor en el cuello lo forzó a apoyarse nuevamente sobre el vidrio. En ese momento se dio cuenta de que la luz había disminuido hasta casi desaparecer. Irguió con cuidado la cabeza el tiempo suficiente como para poder ver hacia la ventana y notar que las cortinas estaban ahora bajas. Al volver a apoyarla sobre el vidrio se encontró con que justo encima el filamento de una bombita titilaba sin llegar a encenderse. Se buscó instintivamente en el reflejo de la pantalla metálica pero la inclinación le mostraba una imagen diferente. Tardó unos segundos en interpretarla pero luego pudo aprehenderla con claridad: era la ventana. Y como podía ver el dintel comenzó a buscar el lugar donde se había camuflado el camaleón. Y otra vez, como si algo o alguien anticipara sus movimientos; como si algo o alguien se concentrara en gastarle una broma pesada, de ese tipo de broma desmedida y de mal gusto que es más que nada violencia y estupidez, en ese momento el camaleón abrió los ojos, saliendo de su mimesis, y giró esas dos enormes bolas de párpados corrugados para mirarlo directamente a través del reflejo; para dedicarle una mirada insana y cómplice. Y tras esa mínimo gesto, tras esa ofrenda cordial, saltó desapareciendo del reflejo al tiempo que la oscuridad se hacía absoluta.

V

El General se puso de pie a pesar de que el dolor tiraba de cada uno de sus músculos buscando hacerlo entrar en razón y luego, cuando eso ya no parecía posible, intentando someterlo. Una mezcla insoportable de sonidos suplantaba ahora al silencio vibrante que lo había aturdido. Había golpes y gritos y disparos y explosiones y flashes de diferentes colores que llegaban desde el piso y se mezclaban con el titilar de diversas intensidades de la bombita. No había quedado nadie más en la mesa que pudiera asistirlo. El General renqueó hasta uno de los vértices y miro hacia abajo. En ese momento la lengua del camaleón se estiraba a toda velocidad para golpear a un puñado de soldados inexpertos. El segundo ejército tomaba posiciones de contención con los civiles entorpeciéndolo todo, y los animales moviéndose inquietos. Buscó con la vista a los escuadrones de elite pero lo que cautivó su atención fue un cúmulo de casas que acababa de descubrir: una especie de pequeño suburbio ubicado debajo de la enorme mesa del comedor. No tenía una respuesta para cuándo o cómo había aparecido ni nadie que pudiera responderla por él. Un rugido lo alarmó y sus ojos regresaron al centro del campo. Uno de los animales se había descontrolado y atacaba a un guardia. Primero le abrió el rostro con las púas de su pata y luego lo apretó entre sus mandíbulas. Eran animales demasiado grandes y demasiado extraños —se arrepintió—, no podían controlarlos; debió prever que algo de esto podía llegar a pasar. El General giró su cabeza instintivamente. Un grito había surgido con toda claridad de una de las casas: el grito de una niña.

El descenso fue más corto y abrupto de lo que había previsto. Las patas de la mesa parecían haber sido quebradas de una manera tosca y violenta. Los intersticios de madera trenzada que había utilizado varias veces en el pasado se habían vuelto irregulares y tramposos: a veces bastaba un movimiento en falso, colocar mal un pie, para que uno de los listones se deslizara y una mano quedara atrapada. Había astillas, también, de las que era preciso cuidarse. Con todo y a pesar de las molestias que había dejado el dolor logró descender bastante rápido. Ya en el piso lo detuvo la indecisión. Demasiadas cosas sucedían en el frente como para pasarlas por alto. Pero otra vez el grito lo condujo hacia el extremo más lejano de la mesa, hacia una casa de dos plantas, cargada de flores rosadas, mariposas, y un brillante arco iris. Caminó hasta ella lo más rápido que pudo y se encontró con una puerta que era cuatro o cinco veces su tamaño. Tenía además un picaporte fijo que estaba fuera de su alcance. El General apoyó ambos brazos sobre la puerta pero no pudo abrirla. Imaginó que estaría calzada a presión y que bastaría un golpe para que cediera. Así que retrocedió unos pasos tomando carrera y luego la embistió con el hombro. De inmediato sintió una punzada aguda y sofocante, como si un enorme garra metálica le apretara la espina dorsal de una forma precisa y despiadada; como si hubiera algo de malicia y rencor mezclado en todo eso. El General arqueó la espalda y apretó dientes y párpados intentando mitigar el dolor pero adivinaba que no iba a ser tan fácil. Nada en ese día lo había sido. La puerta frente a él retrocedía y le ofrecía un interior a oscuras que parecía tragarse los destellos y las ráfagas intermitentes que se colaban del living.

Bastaron un par de pasos dentro de la casa para que la oscuridad se hiciera absoluta. El General avanzó lentamente con una mano extendida, intentando no traspasar los límites que el dolor había establecido. Dio unos cuantos pasos antes de comenzar a sentir que no llegaba a ninguna parte: no encontraba muebles, ni puertas, ni escalones. Tampoco había más sonidos que pudieran guiarlo. Instintivamente giró para buscar una luz —por débil que fuera— que le indicara la posición de la puerta. Se sorprendió al encontrarla bastante más lejos de lo que esperaba. Repasó sus movimientos y le pareció que había algo errado. Quiso pensar que era algo que podía suceder al avanzar en la oscuridad a tientas y sin referencia alguna pero no llegó a convencerse completamente. Dio un paso y volvió a girar. La luz ya no estaba. Quizás la puerta había terminado de cerrarse, o quizás afuera ya no quedaba más luz. El General se molestó, había perdido lo único que podía servirle de referencia y en esa oscuridad podría llegar a ser muy difícil encontrar el camino de salida. Si quería seguir avanzado de ahora en más iba a tener que poner especial cuidado en recordar exactamente cada movimiento que hiciera para no perder la única referencia —mental— que tenía. Si quería, repitió, porque podía simplemente volver sobre sus pasos y salir. La aparición de esa idea lo sorprendió, no tanto por resultar invasiva, sino por ser simplemente contundente. ¿Qué es lo que hacía ahí adentro de todos modos? Un millón de cosas estaban sucediendo afuera. Un millón de cosas que chocaban entre sí y que no hacían el más mínimo sentido, que parecían empecinadas en destrozarlo todo. ¿Qué mierda era lo que hacía ahí adentro siguiendo un grito absurdo, un grito que no podía ser real?

Pero por más que intentara convencerse sabía que había algo real ahí adentro. Podía sentirlo. Podía decirse muchas cosas pero sabía que había algo. Algo que era aún más intenso que todo el dolor que habría podido sentir. Algo que lo empujaba a desatender sus razonamientos y a aguardar expectante. Algo que en medio de esa completa oscuridad guió su mirada hacia un destello mínimo y lejano que titiló en el horizonte. Un destello que mostraba un rectángulo y que al iluminarse se transformó en una habitación situada a muchísima distancia. No, no era una habitación, era la cocina. El General se calzó los binoculares y reconoció la mesa roja y las pequeñas sillas de colores que solían estar en la cocina en lugar de los muebles modernos y maltrechos que había visto más temprano. Se preguntó a qué distancia estaría y cómo es que lograba verla. Siguiendo una intuición bajó los binoculares y avanzó un par de pasos. El pequeño rectángulo pareció mantenerse a la misma distancia. El General siguió caminando sin preocuparse por tropezar con algún objeto. En cierto momento, sin que hubiera una causa identificable, la distancia comenzó a hacerse radicalmente menor. Cada paso significaba un avance de tres o cuatro metros, y este avance era cada vez más rápido. La aceleración era tan grande que el General llegó al absurdo de preguntarse si estaba corriendo. No, por supuesto que no corría. Lo hubiera sentido en cada músculo. El General se detuvo ante ese pensamiento pero el movimiento continuó a una velocidad cada vez mayor. La cocina se acercaba como si estuviera cayendo hacia ella, como si fuera impulsada por una máquina decididamente fuerte y precisa. Y así siguió avanzando increíblemente rápido hasta que abruptamente se detuvo cuando sólo quedaba una leve guarda de oscuridad a su alrededor. El General tuvo la sensación de que iba a perder el equilibrio como si la desaceleración hubiera ocurrido en él. Estiró los brazos listo para balancearse pero no era necesario, tenía ambos pies plantados firmemente sobre el soporte plástico y éstos sobre el piso. Frente a él la cocina se había instalado con la distancia precisa para ser enmarcada por la oscuridad, como si se tratara de una gigantesca pantalla de cine, como si fuera una proyección exageradamente nítida y real.

No estaba vacía. En una de las sillas aparecía sentada despreocupadamente una enorme criatura peluda y negra. Era una mezcla entre animal y civil, y tenía la forma de una lápida bien ancha, con el frente y la espaldas planos y los bordes redondeados. No intentaba ser lúgubre, sin embargo. Era más bien del estilo de criatura con aire de cachorro que le gustaban a la niña: con ojos rojos enormes y de pupilas dilatadas. pelaje suave, y los dedos de manos y pies dispuestos como si usara mitones. Tenía además una forma de mirar que hacía recordar a los conejos o a los ciervos. Estaba sentada con las patas apoyadas sobre un pasador de la mesa y tenía la boca abierta en una expresión que podía interpretarse como de alegría. Frente a ella había dispuesto un juego de té de muchas piezas que parecía de porcelana. No había té en las tazas, o si lo había estaba lo suficientemente frío como para no despedir vapor en absoluto. La niña entró a la cocina deslizando los pies embutidos en unas enormes pantuflas y cantando muy bajito a pesar de que se la notaba aún medio dormida. Por alguna razón se sorprendió al encontrarse con la criatura pero enseguida se controló o supo simularlo. Para el General la satisfacción de ver a la niña, de que después de todo estuviera la niña, apenas duró. No podía pasar por alto la forma en que la estaba viendo, ni el hecho de que le resultara ahora más pequeña de lo que la recordaba. A la fuerza que había ganado el descrédito se sumaba ahora el hastío. La niña llevaba una civil regordeta y de pelo naranja sujeta casi por el cuello debajo del brazo. Ambas estaban vestidas con un pijama y el pelo recogido en dos colitas como si recién se levantaran de la cama. La niña se sentó en el otro extremo de la mesa y apoyó su civil sobre el mantel. Luego cruzó los brazos y se puso a observar a la criatura mientras balanceaba los pies que habían quedado colgando en el aire. Eso fue todo lo que hicieron por un rato: mirarse. O casi todo, el General tardó en darse cuenta de que el murmullo que salía de los labios de la niña ya no era una canción sino la repetición mecánica de un diálogo:

—¿Vamos a jugar?

—No, ya no quiero jugar

—Jugar es divertido

—No me gusta ese juego.

—¡Sí, vamos!

—¡No! ¡No quiero jugar a eso!

—¿Vamos a jugar?

Pero eso no era todo, había algo más. Un cambio, una transformación que le resultó mucho más difícil de advertir y que se fue dando con mucho cuidado, con mucha lentitud, de una forma tan sutil y engañosa que parecía incluso detenerse o retroceder como si pudiera percibir la desconfianza del General; como si tuviera la intención de hacerlo dudar. Una mutación que hacía que la criatura fuera cada vez menos criatura y más hombre. El General se preguntó que podría significar eso, pero en lugar de intentar llegar a una respuesta se puso a observar a la niña con más atención. Quería saber si notaba la transformación y, más íntimamente, si estaba preparada para lo que fuera que pudiera venir. Pero era difícil saberlo: la niña seguía repitiendo las líneas sin pausa y sin emoción en el mismo tono monocorde, como si estuviera perdida en un trance. El radio interrumpió sus pensamientos con un quejido de estática. Una voz ansiosa y decidida lo llamó inmediatamente después desde alguna parte. El General miró el receptor por un momento antes de estirar la mano para liberarlo del cinturón. Un sucesión violenta de imágenes y sensaciones se agolpó sobre él resumiendo su día, conectando los sucesos hasta ese punto. Por si hubiera podido olvidarlo.

—General —repitió la voz, la recepción había empeorado en cuestión de segundos, la cortina de estática crecía hasta transformarse en una barrera—. Tenemos una situación aquí

—agregó—. Estamos... —comenzaba a decir, pero el resto resultó inaudible.

El General acercó el aparato a su boca y presionó el botón pero antes de que pudiera hablar el pequeño parlante del receptor comenzó a emitir un chillido agudo y potente, que parecía característico del acople, que lo obligó a apartarlo. Le bajó el volumen y volvió a intentarlo.

—Aquí el General —dijo—, cambio.

Esperó unos segundos pero no hubo respuesta.

—Aquí el General —repitió.

Pero no recibió siquiera la réplica de la estática al soltar el botón. El General se quedó observando el receptor en medio de un silencio que se había hecho tan absoluto como la oscuridad que lo recibió al entrar en la casa. Y fue en ese momento, ante esa constatación, que una nueva alarma se disparó en su interior. El General levantó la vista y se encontró con una expresión de sorpresa congelada en el rostro de la niña. Frente a ella la criatura ya no era criatura: el pelaje negro que recubría el cuerpo y una mirada atontada de grandes ojos rojos mal disimulaban a un hombre que se había levantado de la silla y estiraba su mano para apresarlo.

No tuvo tiempo de reaccionar. La situación fue totalmente inesperada y la diferencia de velocidades enorme. Apenas alcanzó a retroceder un par de pasos y a girar su cuerpo buscando una salida cuando sintió la fuerza de un puño que se cerraba en torno a él, apresándolo. Un cúmulo de sensaciones agobiantes lo invadió en ese momento: el dolor en su espalda, la presión y el vértigo por el cambio violento de altura, el impacto de sentirse lanzado de esa forma a la oscuridad total, y algo más. Algo impreciso y denso; algo que no parecía ser por completo físico ni enteramente desagradable: la sensación de escuchar un voz lejana pero familiar susurrando un nombre antiguo en algún lugar distante.

Un repentino cambio de velocidad y dirección lo sacudió deshilvanando el débil flujo de pensamientos. Se sintió ascender en un movimiento circular que fue haciéndose más lento hasta detenerse por completo. En ese momento, por ese instante, la quietud le pareció total y absoluta, como si hubiera quedado detenido en el aire colgando de la nada. Pero no duró, de inmediato algo tiró de él forzándolo a bajar, a retroceder hasta un nuevo momento de ingravidez. El General trató de entender lo que estaba sucediendo. El vértigo se hacía cada vez más intenso. Sentía una presión insoportable en el estómago y la desorientación propia de ser manipulado a gran altura y en la oscuridad. Le tomó un momento darse cuenta de que a pesar de la brusquedad el movimiento era repetitivo y mecánico, como si fuera un efecto secundario de otro proceso. Ese pensamiento le bastó para darse cuenta de que estaba siendo cargado a un lado del cuerpo y que toda esa serie de movimientos eran el resultado del vaivén natural de los brazos del hombre al caminar. No le trajo demasiado alivio, sin embargo. El ciclo recurrente del balanceo lo iba aplastando: todos los movimientos eran demasiado intensos, demasiado violentos y exigían su resistencia al máximo. Subidas, descensos, retrocesos y luego ese instante terrible de ingravidez, en el que perdía el último dato real, la última referencia a un lugar, a una ubicación concreta.

No sabía a dónde podían estar yendo pero ya habían caminado demasiado. No conseguía calcular o imaginarse exactamente la distancia pero era a todas luces absurda. No podía haber en esa casa espacio para caminar tanto. No había en esa casa siquiera espacio para que cupiera un hombre. El General se repitió ésta última frase, éste último pensamiento, con lentitud como si con él aceptara su propia incapacidad de comprender lo que estaba sucediendo; como si con él abandonara la única convicción que podía sostenerlo. No quiso decirse o pensar nada más después de esto. Simplemente dejó que su mente vagara por los lugares a los que quisiera ir. Un rato más tarde perdió la consciencia.

Recobrarla fue muy angustiante. La sucesión de recuerdos tardó en llegar y lo dejó absolutamente solo e inmóvil en la oscuridad por un momento. Paulatinamente fue regresando a la situación, a su captura y a ese trasiego hacia ninguna parte. Se encontró con que el dolor y la presión habían amainado, aunque no había sucedido lo mismo con el vértigo. La sensación de que el movimiento se había detenido era también intensa pero no definitiva. Por un buen rato concentró toda su atención en buscar un indicio, cualquier dato, por mínimo que fuera, que pudiera ayudarlo a cerciorarse. Pero no lo hubo. No vio, ni escuchó, ni sintió nada que pudiera indicarle qué estaba sucedido o esperaba por acontecer. El General exhaló con fastidio y se llevó una mano a la frente. Fue en ese momento cuando algo en la libertad, en la fluidez del gesto, le sugirió que estaba otra vez solo. Instintivamente se llevó una mano a la espalda y luego a otras partes del cuerpo donde aún sentía algo de presión, buscando con cuidado, pero no encontró nada. No parecía haber mano alguna sujetándolo pero aun así no pudo convencerse, no sólo porque el vértigo y la desorientación no habían disminuido sino porque algo en su interior insistía en advertirle sobre esa presencia humana con toda claridad. Era inútil buscarla en la oscuridad así que quiso agacharse para tomar contacto con la única confirmación posible: el piso. Una puntada de dolor en la espalda se lo impidió. Se irguió y después de esperar que el dolor amainara volvió a intentarlo.

Fue inútil, la sensación de que algo dentro estaba a punto de romperse era tan intensa y determinante que no pudo pasarla por alto. El General recuperó lentamente la vertical y arqueó la espalda con suavidad. Sus ojos quedaron apuntando al cenit. Los tenía bien abiertos pero aun así llevó su mano al rostro y tocó con el índice su globo ocular para comprobarlo. Inmediatamente su cuerpo reaccionó lanzando una pequeña nebulosa eléctrica de rojos y blancos que comenzó a titilar disparando descargas como si fueran rayos. Tras eso el ardor y una lágrima que surgió como defensa.

VI

El radio fue volviendo lentamente a la vida. Comenzó con breves golpes de estática, que fueron haciéndose más extensos y modulados, hasta que en un momento fue capaz de transmitir un llamado inteligible desde alguna parte del afuera. El General lo miró con descrédito y lo dejó repetirse un par de veces antes de decidirse a contestar. Estaba apoyado contra la única pared que había podido encontrar e intentaba controlar un temblor que le había ganado el brazo derecho. Después de caminar por lo que sintió fueron horas en esa oscuridad el afuera le parecía un lugar irremediablemente lejano e irreal. Aclaró la garganta antes de hablar. Su voz sonó desproporcionada:

—Aquí el General, cambio.

El radio volvió a su silencio. El General espió con el rabillo la oscuridad como reflejo. Esta vez no percibió nada: ninguna de las figuras, ninguno de los reflejos que habían estado moviéndose a su alrededor y escapando justo el momento antes de que lograra percibirlos en su totalidad; de que pudiera tener la certeza de que eran reales. Pero estaba seguro, tenía que estarlo. En medio de esa oscuridad no podía darse el lujo de dudar de sí mismo.

—General, la situación está de momento bajo control, señor —era la voz del Teniente—. Los atacantes se han replegado y no han habido movimiento en los últimos diez minutos. La zona está sitiada pero necesitamos órdenes, señor. Hemos perdido muchos hombres. Si decidieran volver a atacar...

El General temió que el corte se debiera a una nueva interrupción pero había sido el Teniente quien había dejado la frase inconclusa. La voz del Teniente regresó tras unos segundos:

—Señor... —sonaba dubitativa— ...tengo las cifras que pidió —e incluso aniñada, como si hubiera sido regañado por el silencio e intentara ahora congraciarse—. Cambio.

El General no llegó a responder. Otra cosa había cautivado su atención: la percepción de una figura con forma humana en alguna parte de esa oscuridad.

—¿Quiere que las lea, señor?

La pregunta disolvió la imagen en su mente pero nada llenó ese lugar. El General parecía refugiado en el silencio, en la oscuridad, en el soporte de realidad, de protección que la pared sobre la que se había apoyado le daba.

—¿No vas a contestar, Jack?

El General reaccionó instintivamente buscando con sus ojos al otro General antes de que las preguntas sobre el cómo y el por qué pudieran articularse. Había algo, un débil resplandor, justo enfrente pero muy, muy lejos. Una forma plástica que apenas alcanzaba a delinearse bajo un haz mínimo de luz. Una forma desdibujada, quizás derretida.

—Te estás engañando, Jack. No puedes ver figuras cuando la oscuridad es absoluta.

La voz parecía hacerse más cercana. El General se concentró buscando escuchar el ruido del soporte plástico golpeando en el suelo a cada paso. Sentía otra vez esa incomodidad casi paranoica que lo había atacado tras perder la conciencia.

—¿Qué es lo que quieres?

—Pregúntale por las cifras, Jack. ¿Eso es lo que querías no?

La pregunta se mantuvo en el aire por unos segundos. El General no conseguía reaccionar, pero no fue necesario.

—Déjame ayudarte: Señor, las cifras comienzan en 1986...

El General quedó sorprendió por la forma en que habló el otro General, pero enseguida comprendió de qué se trataba. La voz del radio volvía a sonar en ese momento:

—Señor, las cifras comienzan en 1986...

La mente del General se fijó inmediatamente en el sello que tenía grabado en el soporte plástico y en la cifra que encerraba. Sintió el primer impacto de algo que no terminaba de acontecer.

—...y llegan hasta 2006 —volvió a anticipar el otro General y, antes de que el Teniente desde alguna parte del afuera terminara de repetir esto, agregó—. Veinte años, Jack. Veinte años separados ¿Te das cuenta?.

Pero el General estaba todavía muy sacudido por esa distancia increíble que abrían las cifras como para poder darle contenido, dimensión, a todo ese tiempo de ausencia. Luchaba además contra la incomodidad que le provocaba sentir esa voz tan clara, tan cercana, y con una intimidad que le hacía sentir que era él mismo quien hablaba.

—Veinte años de esto. Él es un hombre ahora. ¿Te das cuenta?

El General miraba hacia la oscuridad que tenía frente a sus ojos e imaginaba que si la voz sonaba así, el otro General debía estar apenas a un paso; que le bastaría estirar un brazo hacia delante para encontrar un rostro idéntico ubicado justo enfrente, como si se tratara de un espejo.

—Y dime, Jack. ¿Qué clase de hombre imaginas que juega a este tipo de juegos?

Pero enseguida recordó la mañana, el jardín, el sol asomando tras las plantas y se dio cuenta de que podía toparse con algo muy diferente; y entonces la mano que había comenzado a avanzar lentamente en el aire se detuvo y regresó con cuidado a su lugar.

—Pero todo tiene un fin, Jack —la voz del otro General se desplazó lentamente en la oscuridad, con la pereza y la gracia de una bestia mítica y majestuosa. Avanzó llenando cada hueco como si reclamara algo que le era propio, como si quisiera habitarla por completo—. Y uno de nosotros tiene que ser libre.

Las última frase cortó el aire. Llegó a sus oídos de una forma nítida y sutil; y en ese mismo momento pareció desarmarse, dividirse en mil pedazos, y comenzar a rebotar contra las paredes de esa oscuridad. Y a regresar a él atravesándolo desde mil direcciones. Cuando la última palabra dejó de reverberar el General se encontró otra vez solo en la oscuridad. Y tuvo un momento de silencio total antes de que sonara el radio.

—¡Señor, las criaturas se están moviéndose nuevamente!

El aparato había quedado en su mano, lo acercó a su rostro, pero un temblor sacudió la casa antes de que pudiera contestar.

—¡Señor, estamos bajo ataque!

El General oprimió el botón pero no pudo hablar. Lo único que salió de su boca fue un sonido gutural. Ya era tarde. El radio le hacía llegar gritos y explosiones, y otros sonidos que no conseguía identificar; y la casa comenzó a sacudirse cada vez con más fuerza. El General intentó sostenerse pero perdió contacto con la pared y esas figuras que apenas podía entrever se lanzaron otra vez en torno a él con malicia; dejándose apenas intuir, vislumbrar; forzándolo a sostener con todas sus fuerzas el límite de lo real. Con malicia; dejándose apenas intuir, vislumbrar; forzándolo a sostener con todos sus fuerzas el límite de lo real. Pero algo logró atravesar ese límite. Algo que se sacudió la oscuridad como si fuera una capa delgada de mala pintura y fue emergiendo lentamente, liberándose de su camuflaje. El General no pudo evitar lanzar una carcajada enorme al ver al camaleón lamerse un ojo y avanzar hacia él. Una carcajada aguda que fue creciendo y girando sobre sí misma llenándose de furia y desesperación. Una carcajada que seguía lastimando sus oídos aún después de comprobar que su boca estaba cerrada.

El General soltó el radio y se tapó los oídos. El camaleón siguió avanzando, caminando con ese ritmo espástico y lento. El volumen siguió creciendo hasta hacerse insoportable. Comenzó a sentir en las manos, en la punta de los dedos, un líquido, que no podía ser otra cosa que sangre. El General quiso reír, quiso volver a calzar en la carcajada con esa misma furia. Reírse del absurdo y de sus intentos por imponerle un sentido. Reírse de la imbécil esperanza de que en algún momento se aburrieran de eso, que ya no podía ser un juego, y lo abandonaran. Reírse de los veinte años que habían pasado desde la última vez que había comandado a sus hombres; que había sido Jack. Y por sobre todas las cosas, de su incapacidad de comprender lo que esos veinte años guardaban dentro. Pero en lugar de su risa lo que llegó a sus oídos fue la violencia de una explosión absoluta y descomunal; un disparo de un calibre absurdo, monstruoso que le hizo estallar los tímpanos. Y enseguida un silbido potente y enloquecedor; y tras eso el golpe tremendo de una inmensidad que se desploma.

Por unos segundos todo se detuvo. Los colores, las formas, las sensaciones fueron aplastándose, disipándose, deshaciéndose. Todo fue perdiendo cuerpo, profundidad, sustancia, hasta fundirse en un mismo plano, hasta dejar de acontecer. En ese vacío los pensamientos y las emociones no encontraron sustento: se hicieron menos intensos, menos necesarios; cada vez más ajenos al sentido, a la existencia. Después de eso incluso la oscuridad se desvaneció. Después de eso, nada.

MONTEVIDEO 2005, BUENOS AIRES 2014

Índice

www.ingramcontent.com/pod-product-compliance
Lightning Source LLC
Chambersburg PA
CBHW022151240626
47153CB00007B/2616